EL BARCO
DE VAPOR

La canción de Amina
Sigrid Heuck

Ilustraciones de Ana Varela

LITERATURA**SM**•COM

Primera edición: abril de 2000
Vigésima tercera edición: septiembre de 2017

Gerencia editorial: Gabriel Brandariz
Coordinación editorial: Carolina Pérez
Coordinación gráfica: Lara Peces

Título original: *Aminas Lied*
Traducción del alemán: M.ª Jesús Larriba

© del texto: K. Thienemanns Verlag, Stuttgart-Wien-Bern, 1988
© de las ilustraciones: Ana Varela, 2017
© Ediciones SM, 2017
  Impresores, 2
  Parque Empresarial Prado del Espino
  28660 Boadilla del Monte (Madrid)
  www.grupo-sm.com

ATENCIÓN AL CLIENTE
Tel.: 902 121 323 / 912 080 403
e-mail: clientes@grupo-sm.com

ISBN: 978-84-675-9157-6
Depósito legal: M-91-2017
Impreso en la UE / *Printed in EU*

Cualquier forma de reproducción, distribución,
comunicación pública o transformación de esta obra
solo puede ser realizada con la autorización de sus titulares,
salvo excepción prevista por la ley. Diríjase a CEDRO
(Centro Español de Derechos Reprográficos, www.cedro.org)
si necesita fotocopiar o escanear algún fragmento de esta obra.

1

En la zona más meridional de Marruecos, el verano es muy caluroso y poseer un pozo es más importante que poseer un saco de oro. Los hombres son tan duros y tan tenaces como las viejas y nudosas acacias que hunden profundamente sus raíces en la tierra y cuyos troncos y ramas desafían al viento del desierto.

Allí vivía una tribu bereber cuyos miembros eran conocidos como «los hijos del viento». Su hogar era un castillo gigantesco, con muros de barro y altas atalayas, con graneros y umbrosos patios interiores, con establos y muchas habitaciones para el jeque y para sus mujeres, hijos, hermanos y hermanas, tíos y tías, e hijos y nietos de tíos y tías. También había muchos animales: gallinas, ovejas, cabras, asnos y camellos, y unos cuantos caballos muy selectos que pertenecían al jeque y que solo él y sus hijos y los restantes hombres de la tribu podían montar. Los jinetes consideraban a sus caballos como un tesoro precioso que guardaban y cuidaban igual que a sus mujeres y sus joyas.

El jeque Idí Hamid tenía muchos hijos de sus numerosas mujeres. En cuanto cumplían seis veranos, sus madres los enviaban fuera para que, junto con sus hermanos y hermanas, primos y primas, guardaran las ovejas y las cabras de la familia.

Uno de esos hijos era una niña llamada Amina. Su piel era más blanca que la de sus hermanas, sus ojos parecían aceitunas negras, y su pelo, oscuro como la noche, tenía un brillo rojo semejante al resplandor con que el sol cubre la tierra un poco antes de ponerse. Amina era la hija predilecta del jeque. Él le cumplía todos los deseos que leía en sus ojos, siempre que no estuvieran en contradicción con las costumbres y las leyes de la tribu.

–¿Por qué se llaman los miembros de nuestra tribu «hijos del viento» y no «hijas del viento»? –le preguntó una vez a su padre la pequeña princesa mientras se acomodaba en sus rodillas y reclinaba la cabeza en los pliegues de sus amplias vestiduras.

–No lo sé –respondió el jeque–. Tal vez porque siempre se han llamado así y no ha habido ningún motivo para cambiar el nombre.

–¿Quién decide eso? –quiso saber la chiquilla.

–El consejo de ancianos –le explicó el padre.

–¿Y quiénes son esos?

–Son los hombres más ancianos de la tribu.

–¿Y por qué no lo son también las mujeres?
–Eso es contrario a la ley.
–¿Y quién hace las leyes?
–Los hombres que forman el consejo de ancianos –replicó el jeque Idí Hamid. Y para que no le hiciera más preguntas, le pidió a la chiquilla que le llevara una jarra de agua fresca.

Por la noche, el jeque le dijo a Fátima, la madre de Amina:

–Creo que ya va siendo hora de enviar a nuestra hija a reunirse con los otros niños y con el rebaño. Ha cumplido ya siete veranos y se le ocurren ideas disparatadas.

–¿No es demasiado pronto? Es muy frágil todavía –objetó Fátima–. ¿Y quién me preparará la lana que necesito para tejer mis alfombras?

–¡Bah! Alá tenderá su mano sobre ella. Además puede cuidarla su hermano Alí. Deja que se marche. Le vendrá bien –replicó el jeque, pero no dijo que alejaba a la princesa Amina porque sus preguntas le resultaban incómodas.

2

A LA MAÑANA SIGUIENTE, Fátima despertó a su hija en el momento en que, a la salida del sol, el almuecín convocaba a los creyentes para la oración de la mañana.

–¡Levántate! –le dijo–. Tienes que sacar el ganado con Alí y con los demás.

–¿Por qué? –preguntó la chiquilla.

–Pues por eso –contestó lacónicamente la madre–: porque así lo ha dispuesto tu padre.

–¡Bueno! –suspiró Amina–. Al menos es algo distinto a estar siempre desenredando la lana –pero de repente se le ocurrió una idea–: ¿Crees que mi padre me permitirá montar uno de sus caballos?

La madre estuvo a punto de desmayarse del susto.

–¿Montar? ¿Tú? ¡Una chica! –exclamó horrorizada–. En nuestra tribu solo pueden montar caballos los hombres. Las mujeres y las chicas cabalgan en burros, y a veces también en camello. Y eso únicamente cuando tienen las piernas cansadas.

–¡Pero yo no quiero montar en burro! –gritó furiosa Amina, y le dio una patada al suelo–. El burro es muy lento para mí. ¿Por qué a mi hermano Alí se le permite algunas veces salir a caballo con los hombres, y a mí no? Yo quiero tener un caballo igual que lo tiene él. ¡Y si es posible, Jarifa, la yegua torda!

–¡Por Alá y por todos los espíritus buenos, que parecen haberte abandonado! –la reprendió Fátima–. Todo el mundo sabe que la yegua torda no se deja montar por nadie. Es el más obstinado de los caballos de la cuadra. Será mucho mejor para ti que vayas a pie detrás de las cabras, igual que las demás chicas. ¡Y no debe importarte que tu hermano Alí cabalgue o deje de cabalgar!

Así que Amina no tuvo más remedio que seguir a sus hermanos y hermanas, que ya habían sacado el rebaño del corral.

Allí no había zapatos y todos los niños iban descalzos. Eso no era un problema muy grave, pues con el tiempo se les formaba en las plantas de los pies una gruesa callosidad, y casi era como si llevaran sandalias. Pero hasta que llegaba ese momento, hacía bastante daño caminar por sendas pedregosas, como Amina pudo experimentar en sus propias carnes. Seguía a los demás cojeando y quejándose lastimeramente, y cuando tenía que correr detrás de una oveja o de una cabra, le dolían tanto los pies que las lágrimas le empapaban el rostro.

–¡No vayas tan deprisa! ¡Espérame! –le gritaba desde atrás a su hermano Alí.

Pero Alí solo se preocupaba del rebaño y de que no se perdiera ninguno de los animales. Y no tenía ninguna consideración con su pequeña hermana.

Hacia el mediodía, los rayos del sol caían casi perpendicularmente sobre la árida región. Y calentaban mucho el suelo pedregoso, de suerte que Amina, cuando daba un paso, tenía la impresión de estar caminando sobre ascuas. Así que buscó una sombra detrás de una roca y decidió descansar allí un poco.

No la echó en falta ninguno de sus hermanos y hermanas, ni de sus primos y primas, ni siquiera Alí, que debía cuidar de ella.

–¡No quiero seguir! ¡No quiero seguir! ¡Si tuviera a Jarifa y pudiera cabalgar sobre ella, sería más rápida que Alí y, además, mucho más alta. Entonces tendría una visión más completa de nuestras ovejas y nuestras cabras y, cuando se extraviara una de ellas, lo advertiría inmediatamente –suspiró Amina.

Se hizo el silencio a su alrededor. Se apagaron el sonido de las campanillas del carnero manso y las voces de los niños. Solo un par de grillos chirriaban su canción de mediodía. Por el chirrido y el calor, Amina se sintió cansada. Se durmió y soñó con los frescos corredores y los umbrosos patios interiores de su vivienda. Soñó lo bonito que era estar sentada con su madre frente al telar y ver cómo tejía una alfombra. Oyó en sueños el gluglú de la pipa de agua que tanto le gustaba fumar a su padre, y el murmullo de las otras mujeres en las habitaciones de al lado.

De repente se oyeron bramidos y rugidos, que sonaron como si un espíritu maligno danzara alrededor de ella. Amina cruzó las dunas a galope tendido cabalgando sobre Jarifa. El viento levantaba granos de arena que azotaban su rostro y tuvo que quitarse el pañuelo que cubría parte de su cara porque le resultaba difícil respirar. De pronto, la yegua tropezó con una piedra. Amina salió despedida y cayó a tierra.

3

Entonces se despertó. Pero los bramidos y rugidos no cesaron, y los granos de arena siguieron clavándose en su piel como aguijones. Una gigantesca nube de polvo había ocultado el sol y sumido en tinieblas aquella zona.

–¡Alí, Alí! –gritó la muchacha, angustiada–. ¿Dónde estás? ¡Ayúdame! ¡Ayúdame, por favor! –pero el huracán le arrebató de la boca las palabras y se las llevó cruzando montañas y gargantas profundas, llanuras pedregosas y altas dunas de arena. Levantó el polvo formando un torbellino y lo empujó a ráfagas. A Amina le pareció como si alrededor de la roca a cuyo pie se había tendido corrieran espíritus, figuras fantasmagóricas con ropajes ondeantes que cambiaban sin cesar, subían hasta el cielo y caían otra vez. Entre esas figuras se hallaba un impetuoso jinete que llevaba un paño cubriéndole parte de la cabeza, de suerte que solo se le veían los ojos.

El jinete iba directamente hacia Amina, que gritó asustada:

–¡Vete! ¡Déjame en paz! ¡Yo no te he hecho nada! –la niña extendió la mano hacia él, con los dedos muy abiertos, y gritó todo lo fuerte que pudo–: ¡Cinco dentro de tu ojo! –porque su madre le había dicho que de ese modo podía protegerse uno del mal de ojo.

Pero el viejo conjuro bereber no le causó ninguna impresión al desconocido, que, delante mismo de Amina, frenó el caballo con tanta fuerza que el animal se encabritó resoplando. Amina se desmayó del susto. Por eso no se dio cuenta de que el jinete se apeó, se inclinó sobre ella y la cogió en sus brazos. Luego la subió a la silla y montó detrás de ella. La muchacha no notó ni el balanceo del lomo del caballo ni las robustas manos que la sujetaban.

No supo cuánto tiempo estuvieron de camino. Solo abrió los ojos cuando la bajaron y la dejaron encima de un colchón. El bramido de la tempestad y los pinchazos de los granos de arena en su piel habían cesado. Y penetraba en su nariz el olor a leche cuajada, a pelo de cabra y a sudor de camello.

–¡Se ha despertado! –dijo a su lado una voz de mujer.

Amina se encontraba en un recinto oscuro. Sobre ella se inclinaban rostros desconocidos, hombres vestidos con ropas oscuras y mujeres con el rostro descubierto. Las mujeres cogieron a la chica, la incorporaron y le pusieron una almohada en la espalda. Alguien le dio un vaso de té. Era dulce y sabía a menta. Se lo bebió de un trago, porque las tormentas de arena dan una sed terrible.

–La criatura que ha encontrado Tarik es una chica –musitó una de las mujeres al oído de un anciano venerable.

–¿Dónde estoy? –murmuró Amina, asustada.

–¡No tengas miedo! –la consoló el anciano–. Eres huésped nuestra, y la ley de la hospitalidad constituye el primer mandamiento entre nosotros.

–¿Y quiénes sois vosotros?

–Nos llaman «hijos de la tempestad» –gritó una voz joven–. Estás hablando con el jeque Abdul, y yo soy el príncipe Tarik, hijo suyo.

–¡Cállate, Tarik! –le reprendió el anciano–. ¡La estás asustando!

Amina se horrorizó: recordó que su padre consideraba a los hijos de la tempestad como enemigos irreconciliables. Fátima le había contado que el enfrentamiento había surgido a causa de una zona de pastos. Los hijos del viento eran sedentarios. Los hijos de la tempestad eran nómadas. Al contrario que los hijos del viento, entre los cuales solo tenían que cubrirse el rostro las mujeres, entre los hijos de la tempestad eran los hombres quienes llevaban siempre la cara tapada con un velo y no les exigían eso a sus mujeres. Iban con sus rebaños de un abrevadero a otro, levantaban sus tiendas negras en cualquier lugar cercano y se preocupaban poco de si cruzaban o no las fronteras de otra tribu.

–Son ladrones –había exclamado su padre–. Ladrones y salteadores. Dejan que sus rebaños pasten en nuestros campos y luego siguen su camino. No se preguntan si queda suficiente pasto para nuestros animales.

Amina meditó si no sería mejor callar a qué tribu pertenecía. Pero luego optó por decir la verdad.

–Me llamo Amina –dijo en voz baja, y clavó los ojos en el suelo.

–¿Y de dónde vienes?

–Me he perdido...

–¿Dónde tienes tu hogar?

—En un castillo de barro. Mi padre se llama Idí Hamid.

Ahora se pusieron todos a hablar a la vez, alborotando y agitando los brazos.

—¿El Idí Hamid de los hijos del viento? —preguntó enojado el jeque Abdul. La muchacha asintió, con el rostro bañado de lágrimas.

—¡Callad de una vez! —exclamó indignada una de las mujeres—. ¿Hay que recordaros el precepto de la hospitalidad? Yo propongo que la muchacha descanse una noche en nuestra tienda. Mañana, Tarik podrá devolverla al lugar donde la encontró.

—Por Alá, esa sí es una buena propuesta —le dijo el jeque a la mujer, aprobando su sugerencia—. Así no violamos el derecho de hospitalidad y, a la vez, nos quitamos de encima a la muchacha.

• 4

Así que Amina pasó la noche en la tienda del jeque Abdul. Las mujeres se habían apretado un poco para dejarle sitio. Encima de ella se abovedaba el fieltro negro de pelo de cabra, y de las paredes colgaban tapices multicolores. Tarik dormía con los hombres. Entre los hombres y las mujeres se encontraba el hogar, y detrás se apilaban las monturas de los caballos y de los camellos. Bajo el techo de la tienda se acumulaba el olor a madera quemada, a pelo de cabra, a cuero, a leche fermentada y a té de menta. Aunque nunca había pasado la noche en una tienda, la chiquilla estaba tan cansada que se durmió inmediatamente. Durante la noche se despertó una vez y escuchó ruidos extraños: los ronquidos de los hombres, el resoplido de un caballo, el grito lejano de un camello y el balido de una cabra. El viento se había calmado.

En algún momento, Amina se durmió otra vez y no volvió a despertarse hasta que la llamó una de las mujeres.

–Es la hora –le dijo la mujer–. Tarik te está esperando fuera.

Le dio un vaso de té de menta dulce y la acompañó hasta la salida de la tienda. Allí vio Amina por primera vez al hijo del jeque Abdul a la luz del día. Llevaba una amplia túnica negra encima de un calzón bombacho del mismo color y montaba un caballo negro que se movía nerviosamente. Iba sin velo y parecía solo un par de años mayor que la muchacha. Su rostro, de nariz aguileña, reflejaba orgullo y consciencia de la propia valía, y los labios, muy finos, parecían no haber reído nunca. El caballo llevaba una silla ricamente guarnecida que descansaba sobre una manta multicolor con flecos largos. El jinete se las vio y se las deseó para conseguir que su cabalgadura se estuviera un momento lo bastante quieta como para que la mujer pudiera colocar a Amina en la grupa detrás de la silla.

–Ten cuidado de no caerte –le advirtió la mujer a la chiquilla–. Tarik te llevará al lugar donde te recogió. Desde allí seguramente sabrás volver a casa tú sola.

Luego, Amina se abrazó al talle de Tarik porque era la única forma de agarrarse. El joven chasqueó con la lengua; el caballo dio un salto gigantesco y salió galopando.

–¿Tienes miedo? –le gritó Tarik a la muchacha.

–¡No, no! –contestó ella–. Por mí puedes ir dando un rodeo.

Pero sí, la verdad es que tenía un poco de miedo.

Aunque desapareció enseguida, en cuanto la muchacha sintió el balanceo del movimiento del caballo. El viento le agitaba el pelo. Cerró los ojos y apretó su cara contra la espalda de Tarik. Agarró con los dedos el cinturón del jinete, deseó que la cabalgada durara el mayor tiempo posible y esperó confiada que Alá tendiera sobre ella su mano protectora.

Entretanto, Tarik había pensado que para Amina sería más fácil si él la dejaba en las cercanías del castillo. Dónde vivían los hijos del viento era algo que se conocía en todas partes; en cambio, nadie podía decir con seguridad dónde tenían levantadas sus tiendas los hijos de la tempestad. Eso era una gran ventaja, y Tarik estaba muy orgulloso de formar parte de una tribu de nómadas. Si quería llevar a Amina a las cercanías del castillo en que vivía, no era por benevolencia ni por compasión, sino porque consideraba como una especie de prueba de valor acercarse todo lo posible al enemigo. Soltó las riendas de su caballo y dejó que saliera corriendo.

Al cabo de un rato, abandonaron el desierto de arena y llegaron a un altiplano cubierto de cantos rodados. Tarik divisó en la lejanía el rebaño de cabras y ovejas de los hijos del viento y, poco después, los muros amarillentos del castillo, con sus torres y aspilleras. Se dio cuenta de que su corazón empezaba a latir más deprisa y le dijo a Amina:

–¡Prepárate! Enseguida estaremos allí.

Cuando uno de los guardias del jeque Idí Hamid lo descubrió y le salió al paso, Tarik se detuvo un momento para que Amina tuviera tiempo de apearse de la grupa de la cabalgadura. Pero en cuanto vio que la muchacha había llegado al suelo sana y salva, hizo girar al caballo, le clavó las espuelas y salió galopando. Supuso que el guardia no comenzaría a perseguirlo hasta después de ocuparse de Amina. Eso le daba la ventaja necesaria para escapar.

Amina vio con tristeza cómo partía. Si hubiera dependido de ella, la cabalgada habría durado mucho más. Pero enseguida llegó el guardia, que la llevó a casa y la dejó en manos de su madre. Fátima se había pasado la noche llorando, desde el momento en que

Alí había vuelto a casa sin Amina. El jeque había enviado a todos los hombres de la tribu a buscar a su hija predilecta. Pero la tormenta de arena había borrado sus huellas. Su regreso colmó de felicidad a Fátima y enterneció a su padre hasta el punto de que se mostró de acuerdo en liberar durante un tiempo a Amina de la obligación diaria de sacar el rebaño a pastar.

Pero cuando su hija le contó que había sido salvada por un hijo del jeque Abdul y que durante una noche había disfrutado del derecho de hospitalidad de los hijos de la tempestad, su rostro enrojeció de ira.

–¡Hijos de perra! ¡Salteadores, ladrones, bandidos! –bufó airado, pese a que sabía que en realidad tendría que estarles agradecido por haber salvado a su hija.

5

Así FUE como se le permitió a Amina seguir en casa durante un tiempo. Fátima la llevaba consigo cuando trabajaba en el jardín y, dos veces al día, la mandaba a traer agua del pozo. El camino hasta allí era muy duro. Al principio, Amina sentía debajo de sus pies todas y cada una de las piedras. Pero con el tiempo se acostumbró, y la callosidad de las plantas se fue haciendo más gruesa cada vez. Y muy pronto caminó sobre las piedras con tanta rapidez como sobre el suelo arcilloso del castillo.

Cuando Fátima y las otras mujeres tejían alfombras, arrodilladas junto a sus telares, la pequeña princesa se sentaba a su lado, desenredaba la lana y escuchaba las conversaciones.

–¿Por qué tejes siempre franjas, flores, estrellas, redondeles y otras cosas incomprensibles, y nunca personas o animales? –le preguntó un día Amina a su madre.

–Eso lo prohibió el profeta Mahoma.

–¿Por qué?

–Porque Alá creó al hombre a su imagen y semejanza, y Mahoma pensaba que una representación del Altísimo nunca sería tan perfecta como para ser digna de él.

–¿Y por qué tampoco está permitido representar animales?

–Porque Alá mora en todos los seres vivos, incluidos los animales.

–¡Qué lástima! Supongo que una alfombra con caballos sería preciosa.

–El que representa hombres o animales comete un pecado. Es abandonado por la baraka.

–¿Y qué es eso?

–*Baraka* significa «fortuna». Cuando alguien tiene baraka, eso quiere decir que lo acompaña la fortuna. Pero el que conculca los mandamientos del Profeta lo pasará mal. Su sino empeorará, y tendrá que superar muchas pruebas antes de que Alá lo perdone.

Amina no creyó a su madre. Los caballos eran para ella los seres más hermosos de la tierra de Alá. No podía comprender que fuera pecado representarlos.

Un día, Fátima le dijo a su hija:

–Mañana estamos invitados a una boda de otra tribu y nos está permitido llevar a nuestros hijos pequeños atados a la espalda con una tela. Pero tú pesas demasiado para mí, el camino es muy largo y la celebración muy fatigosa para ti. Y como todos tus hermanos y todos tus primos y primas están fuera con el ganado, tendrás que quedarte sola con la anciana Aisha. Ella cuidará de ti. ¡Sé amable con ella y pórtate bien!

A la mañana siguiente, los hombres montaron sus caballos, lujosamente enjaezados, y las mujeres sus burros. Y partieron. La vieja Aisha y Amina se quedaron solas en el castillo. Aisha era tía abuela de la pequeña princesa. Era un poco miope y dura de oído, y Amina se sintió libre de hacer lo que quisiera. Pensó en qué podía emplear el día. Fuera hacía mucho calor y no tenía demasiadas ganas de salir. De repente se le ocurrió que podía aprovechar aquella oportunidad para experimentar en el telar de Fátima un dibujo nuevo. Fátima ya había tensado las hebras para la próxima alfombra. Amina solo tenía que inventarse el dibujo y empezar a tejer.

–¿Qué haces aquí? –le preguntó la tía cuando la sorprendió delante del telar de su madre.

–Estoy tejiendo una alfombra –le explicó Amina.

–¡Eres una niña muy trabajadora! –murmuró satisfecha la tía–. Tus padres pueden estar orgullosos de ti.

Luego, Aisha se fue al pozo con una cesta para lavar la ropa.

Amina bobinó lana sobre una lanzadera. Realizó todo como se lo había visto hacer a su madre y comenzó a tejer de memoria, y lo mejor que pudo, una greca compuesta por tres caballos galopando. Primero aparecieron los cascos, luego las patas, luego los troncos, en los que flotaban al viento las crines y la cola, y por último las nobles cabezas. Si uno miraba atentamente, veía a Jarifa, la yegua torda, y nuevamente a Jarifa, y nuevamente a Jarifa: tres Jarifas seguidas.

Entretanto, la vieja Aisha había lavado la ropa. Se acercó curiosa para ver hasta dónde había llegado Amina con su alfombra. Pero su mala vista solo distinguió un dibujo extraño y totalmente desconocido para ella.

–¿Qué va a ser eso? –preguntó.

–Oh, cualquier cosa. Ni yo misma lo sé bien todavía –mintió la muchacha.

–Tiene buena pinta –dijo la tía, y se marchó otra vez porque quería poner a secar en el tejado la ropa mojada.

Amina movió de un lado a otro la lanzadera, cambió el color de la lana, empalmó y anudó la hebra cuando se había roto. Y eso ocurrió bastantes veces porque tenía poca práctica todavía.

Le pareció que sus caballos eran demasiado angulosos y muy poco rápidos en sus movimientos; que les faltaba gracia y elegancia. Pero se consoló pensando que aquello era solo un ensayo y que, con un poco de práctica, pronto podría hacerlo mejor. En cuanto tejió por encima de los caballos una franja de cielo, las tres Jarifas parecieron cobrar vida de repente: daban un gran salto y sus cascos apenas tocaban el suelo del desierto. Amina quedó plenamente satisfecha de ellas.

De pronto oyó voces: el jeque había vuelto de la boda con los hombres y mujeres de la tribu. Amina cogió rápidamente un cuchillo y arrancó del telar su greca. Tuvo el tiempo justo para esconder la obra debajo de su vestido antes de que Fátima entrara en el recinto.

–Pobre chiquilla, ¿se te ha hecho demasiado largo el día? –dijo Fátima, viendo en su telar un revoltijo de hebras rotas.

–He intentado tejer una alfombra –se excusó Amina–. Pero he debido de hacer algo mal –se puso roja como un tomate, porque era la primera vez que engañaba a su madre.

Fátima interpretó mal el motivo del sonrojo y se creyó en el deber de consolarla.

–No tiene importancia –dijo–. Esto lo arreglamos nosotras enseguida. Y si quieres, te enseñaré a hacerlo bien. Tal vez llegues a ser una buena tejedora.

Amina se sintió culpable, y le pareció como si la greca que llevaba debajo de su ropa empezara a arder. Con mucho gusto la habría lanzado lejos si hubiera sabido adónde. Por la noche descosió una costura de su almohada y la metió dentro.

A la mañana siguiente, la madre empezó a enseñarle a tejer. Pero a Amina le resultaba aburrido no tejer más que franjas, redondeles, triángulos y otros adornos parecidos. No prestaba atención, calculaba mal y sus dibujos no eran proporcionados.

–Tal vez eres aún demasiado joven para esto –la consoló Fátima, sin renunciar a la esperanza de que Amina llegara a ser más adelante una buena tejedora.

6

El tiempo pasó rápidamente. Cuando enviaron otra vez a la pequeña princesa a cuidar el rebaño con Alí y con los otros niños, era mucho más alta y más fuerte y ya no le importaba nada caminar por un suelo pedregoso.

Alí le enseñó a Amina dónde se encontraban los mejores terrenos de pastos para su ganado y dónde había siempre agua aunque no hubiera llovido durante meses. Pronto conoció a todas las cabras y a todas las ovejas y cuidó de que ninguna de ellas se alejara del rebaño. También aprendió a silbar con un tallo de hierba y cómo se hace una flauta.

–Guárdate de los hijos de la tempestad –le advertía Alí una y otra vez–. Son salteadores, y los salteadores son mala gente.

–Tarik no es malo –le contradecía Amina.

–Tarik es tan hijo de la tempestad como su padre –replicaba Alí–. Él y sus hombres traen sus caballos y sus camellos a que pasten en nuestra tierra, y cuando se marchan dejan todo raído y pelado.

Eso entristecía a Amina, que guardaba un grato recuerdo de Tarik, el hijo del jeque Abdul que la había montado en su caballo negro y, así, la había salvado de los espíritus de la tormenta de arena.

–Cuando veas a lo lejos tiendas o una caravana desconocida, tienes que conducir el rebaño a casa y comunicar a nuestro padre vuestro descubrimiento –le ordenó Alí en un tono que no admitía réplica.

–¿Y qué debo hacer si un día me encuentro delante de Tarik? –quiso saber Amina.

–En ese caso, te das media vuelta y sales corriendo. No debes hablar con él bajo ningún concepto.

Pero las preocupaciones de Alí eran de momento infundadas: los hijos de la tempestad se encontraban muy lejos del castillo en que vivía el jeque Idí Hamid. Montados en sus camellos, se dirigían hacia el este, donde la tierra estaba verde porque había llovido copiosamente.

Amina llego a ser una buena pastora. Día tras día, conducía las ovejas y las cabras a los montes, junto con los otros niños.

Un día, Fátima le dio un huso y le enseñó a transformar la lana en una hebra. La hebra tenía que ser delgada y fina, sin nudos, y no debía romperse. Amina puso su mejor voluntad, pero no llegó a ser una buena hilandera. Se le rompía la hebra muchas veces porque era demasiado impaciente. Muy pronto tiró el huso al suelo, irritada.

–¡Esto de hilar la lana no está hecho para mí! –gritó dándole una patada al suelo–. ¡Me gustaría mucho más aprender a montar!

–¿Montar? ¿Tú? –exclamó su hermano Alí, que se hallaba cerca–. ¿Te refieres a montar un caballo? ¡No me hagas reír! Montar es cosa de hombres.

–¡Pero yo quiero hacerlo! –protestó Amina–. A fin de cuentas, soy una hija del viento, y quien desea ser tan veloz como el viento debe tener un caballo también veloz. ¡Un día montaré a Jarifa, la yegua torda!

–¡No te hagas ilusiones! –respondió riendo Alí–. A lo sumo, a Halifa, el burro tordo. ¡A Jarifa, jamás!

–¿Por qué no?

–Porque Jarifa no soporta a nadie sobre su lomo, ni siquiera a una muchacha.

Amina se dio cuenta de que no tenía ningún sentido discutir con Alí sobre aquel asunto.

Un día llegó al castillo Mustafá, un cantor y contador ambulante de cuentos. El jeque Abdul lo invitó a pasar la noche allí, con la condición de que les contara una historia. Mustafá aceptó gustoso la invitación. Al anochecer se reunieron en el gran patio interior todos los habitantes, que guardaron un silencio sepulcral cuando Mustafá comenzó a contar:

–Hace mucho tiempo, vivía en las montañas del gran Atlas una tribu bereber cuyos miembros eran comúnmente conocidos con el nombre de «hijos de la tacañería». Cuando los viajeros se detenían en su poblado para descansar, los hijos de la tacañería solo les ofrecían una jarra de suero aguado, y nada más. Luego, cuando esos viajeros proseguían su camino, contaban en todas partes lo poco hospitalarios que los hijos de la tacañería habían sido con ellos. Y fue inevitable que, con el tiempo, ese apodo llegara a sus oídos. Al conocerlo, se enfadaron mucho y decidieron hacer algo para remediarlo. El más viejo convocó a todos los hombres de la tribu y dijo: «¿No es una vergüenza que en todas partes nos difamen llamándonos "hijos de la tacañería"? A mí me parece que deberíamos cambiar esto demostrando a todo el mundo lo generosos, desprendidos y hospitalarios que podemos ser». Los hombres le dieron la razón. Entonces, el más viejo de la tribu les propuso que cada uno llevara al próximo mercado una bolsa de suero bueno y puro. El contenido de las bolsas deberían verterlo en una pila grande, de modo que todos los visitantes del mercado pudieran apagar su sed sin coste alguno. «Así tendrá que reconocer todo el mundo lo espléndidos que somos», dijo, y se golpeó el pecho, orgulloso de su luminosa idea. «Lo irán contando por todas partes, y en adelante nadie nos llamará "hijos de la tacañería"». Decidieron llevar a cabo su proyecto al día siguiente. Pero, por la noche, les dio pena desprenderse del suero. Por eso cada uno de ellos llenó de agua en

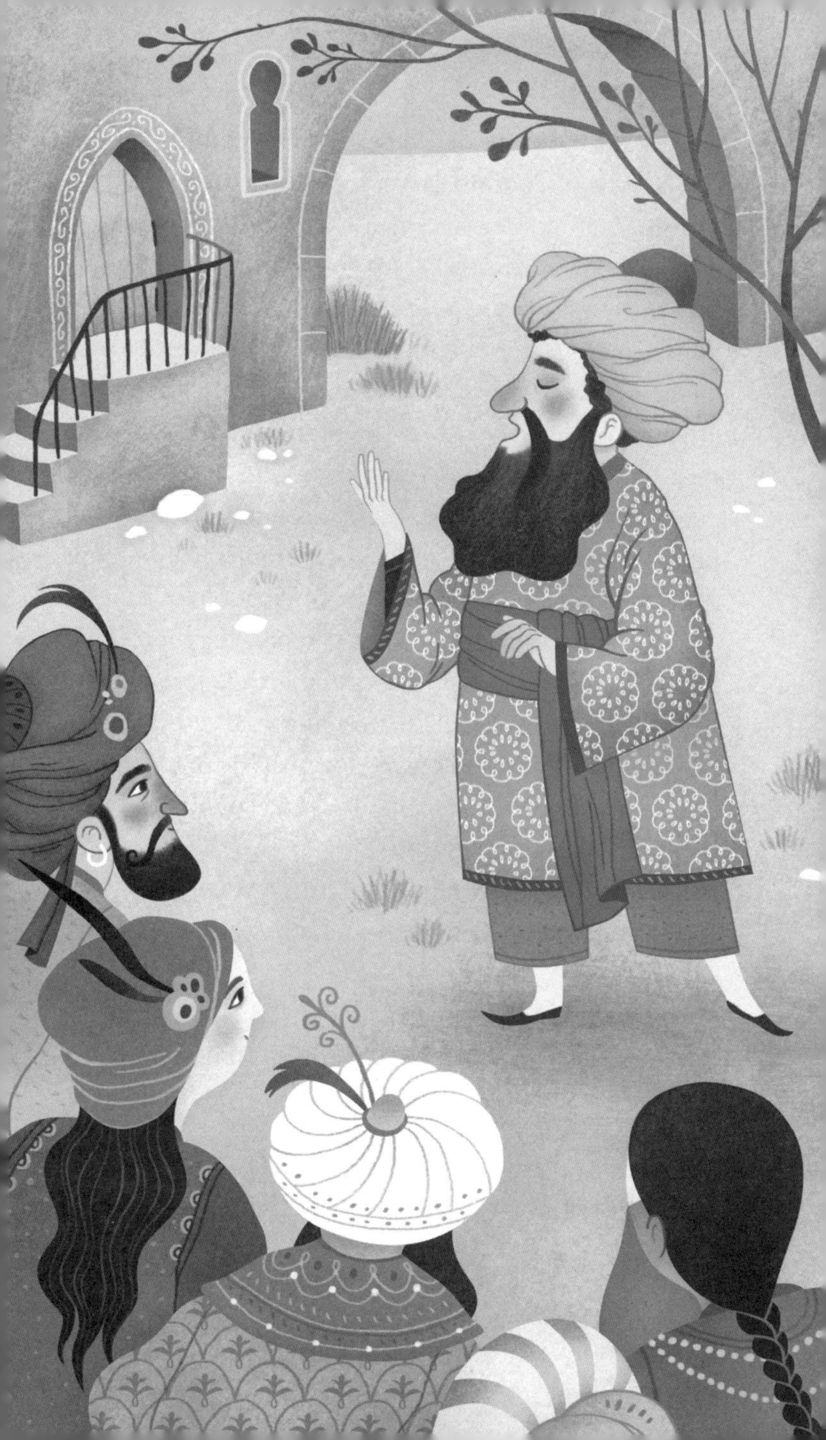

secreto su bolsa de piel de cabra, esperando que nadie lo notara cuando la vaciara en la pila de suero. Ninguno lo comentó con los demás. A la mañana siguiente, llegaron todos juntos al mercado con sus bolsas llenas a rebosar, pero ninguno quería ser el primero en verter el contenido de la bolsa en la pila vacía. Cada cual decía al otro: «¡Echa tú primero! ¡Te cedo el turno!». Eso se fue repitiendo durante un rato, hasta que uno de los hombres dijo: «¡Me apuesto cualquier cosa a que solo lleváis agua en vuestras bolsas de piel de cabra!». Y los otros replicaron: «¿Qué apostamos a que también tú llevas agua solo?». Entonces se enfadaron de verdad y, además, recibieron las burlas de todos los visitantes del mercado que habían esperado beber gratis el sabroso suero. «Es difícil cambiar», se dijeron unos a otros los hijos de la tacañería en el camino de vuelta a casa. «Y más difícil todavía librarse de una mala fama».

Los oyentes rieron, pero alguno que otro se preguntó si no debía sacar de aquella historia una enseñanza.

–Has estado muy bien –alabó a Mustafá el jeque Idí Hamid–. ¿No sabes más historias como esta?

–Naturalmente –le aseguró–. Pero me las guardo para otra ocasión.

7

La princesa Amina creció y llegó a ser una joven muy guapa. Sus padres empezaron a buscar un hombre para ella, pues entre los hijos del viento era habitual que los padres y las madres eligieran el marido de sus hijas. Nadie le preguntaba a una chica si le gustaba su futuro novio, y no era raro que la novia no lo conociera hasta el mismo día de la boda.

Entretanto, Amina salía con el ganado día tras día y les enseñaba a los pequeños a cuidar de las cabras y las ovejas. Pero no había dado ni un solo paso hacia delante en su deseo de que se le permitiera montar a Jarifa, la preciosa yegua torda de su padre.

Mientras, su hermano Alí había alcanzado la edad en que los varones de la tribu eran iniciados en otras tareas. Cuidaba los caballos, acompañaba a su padre en las cacerías y se sentaba con él y con los otros hombres a la sombra de una palmera para fumar en una pipa de agua. Mientras lo hacían, hablaban de lo divino y lo humano, de los precios que los comerciantes les pagaban por camellos y alfombras, de la sequía y de que las mujeres tenían que meter los cubos en los pozos más profundamente que los años anteriores, lo cual era una prueba inequívoca de que escaseaba el agua.

–¿Lo habéis oído? –preguntó el jeque un día–. En el mercado comenta la gente que los hijos de la tempestad vuelven a acercarse a nuestras tierras de pastos.

La mala noticia se discutió largamente.

A la mañana siguiente, Fátima les pidió a sus hijos que, si veían en algún sitio una tienda negra o un jinete desconocido, avisaran de inmediato.

–¿Por qué? –quiso saber Amina.

–Porque los hijos de la tempestad están sembrando otra vez la inseguridad en la zona.

Ahora la princesa se alegró porque esperaba ver nuevamente a Tarik. Tal vez podría convencerlo para que cabalgara con ella adentrándose un trecho en el desierto. Decidió no hacer caso del deseo de su madre y no decir nada a nadie si veía en la lejanía una tienda negra o una caravana extraña. ¿No había sido ella ya huésped de los hijos de la tempestad? Estaba segura de que no le harían nada.

Durante los días siguientes, los niños apacentaron el rebaño en los alrededores de una pequeña elevación desde la que podían ver una amplia zona del desierto. Amina se pasó horas enteras sentada en la cima de la colina oteando el horizonte en busca de tiendas y jinetes desconocidos. Pero lo único que veía era una llanura pedregosa cruzada por ríos secos y, en la lejanía, dunas de arena que parecían formar olas gigantescas y romperse contra el altiplano. Eso era todo. Decepcionada por el gran vacío, regresó al castillo a la caída de la tarde.

Un día, hacía tanto calor que parecía que las piedras iban a estallar bajo el ardor del sol. Los pastores y su rebaño buscaron debajo de arbustos y zarzales lugares umbrosos para dormir un rato. Y Amina encontró un buen sitio detrás de un tamarisco un poco apartado. Soñó que el viento le refrescaba la cara y que cabalgaba en un caballo. Soñó que montaba a Jarifa, la yegua torda, pese a que Alí le había asegurado que no toleraba que ningún jinete la montara. De pronto, el príncipe Tarik aparecía junto a ella sobre su corcel. La retaba a una carrera. Salían disparados al mismo tiempo y azuzaban sus caballos. De repente, Amina se despertó con la sensación de no estar sola. Frente a ella se hallaba una figura oscura con el rostro cubierto por un velo. La visión le causó gran sobresalto.

–¿Quién eres tú? –preguntó.

En vez de responder, el desconocido se descubrió el rostro.

En un primer momento, Amina no supo si estaba despierta o soñaba.

–¡Oh, no! –exclamó asustada–. ¿El... el príncipe Tarik?

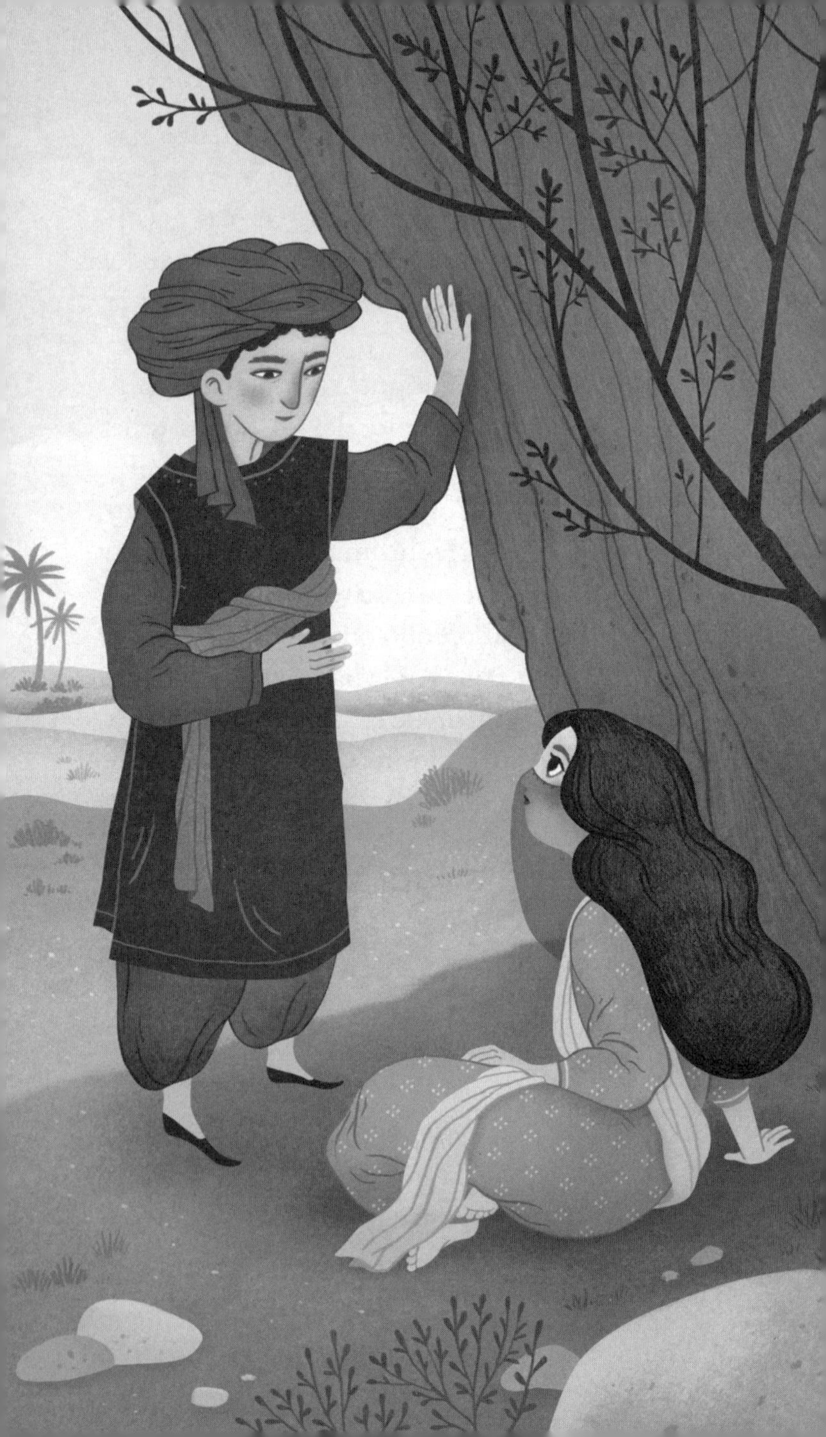

–Efectivamente, soy yo. Pero ¿quién eres tú? No pareces una simple pastora.

–¿No me reconoces? Soy Amina. Mi padre es el jeque Idí Hamid.

–Entonces tú eres aquella niña que fue tan tonta como para perderse en una tormenta de arena –dijo Tarik con una sonrisa, y se puso en cuclillas a su lado.

Amina no se movió. La presencia de Tarik la desconcertaba. Recordó las advertencias de su madre, pero enseguida las dejó de lado. ¿No era ya casi una adulta? ¿Tenía que aceptar que sus padres decidieran con quién podía hablar?

–¿Has aprendido entretanto a montar? –preguntó Tarik, rompiendo el silencio que se había producido entre ellos.

–No –contestó Amina sin mirarle–. Hasta ahora solo he podido montar en mis sueños.

–Si vivieras con los hijos de la tempestad, tendrías tu propio caballo desde hace tiempo.

–Mi padre solo me deja montar en burro –le explicó Amina–. Dice que aquí los caballos son solo para los hombres.

Siguieron conversando, y cuando llegó la hora de llevar el rebaño a casa, se despidieron. El orgullo le impidió a Amina preguntarle a Tarik si podrían volver a encontrarse otra vez. El joven príncipe se puso el velo por encima de la nariz. Luego montó en su caballo y salió cabalgando.

–¿Quién era ese? –le preguntó a Amina uno de los niños.

–Alguien que me ha preguntado por el camino –contestó la chica.

–¿No era un hijo de la tempestad?

–No, no.

8

Unos días más tarde, la chica oyó que una cabra balaba en una quebrada cercana. El balido era lastimero, como si el animal estuviera asustado. Sin pensárselo dos veces, Amina se puso a buscar a la cabra extraviada. La quebrada era profunda. Un río había excavado su cauce en la roca blanda, pero en verano el río era solo un arroyuelo. Amina saltó de piedra en piedra y se puso a llamar a la cabra. Esta no aparecía por ningún sitio. Es más, los balidos llegaban desde más lejos cada vez, se fueron haciendo más débiles y terminaron por apagarse por completo. Amina se detuvo y escuchó. Pero no oyó más que el gluglú del agua y el ruido de una piedra que caía rodando. Estaba sola. Los demás niños se habían quedado con el rebaño a la salida de la quebrada. Por eso decidió volver y esperar a que el animal encontrara solo el camino de regreso al rebaño. En ese momento oyó una risa. De detrás de una roca salió la figura oscura de Tarik, que llevaba de las riendas el caballo negro.

–*Salam aleikum* –saludó a la chica, y sonrió–. Bueno, ¿cómo lo he hecho?

–¡Por Alá! –exclamó sorprendida Amina–. ¿Eras tú la cabra?

–¿De qué otra forma habría podido atraerte y separarte de los demás?

–Me has engañado.

–¿Y qué puedo hacer para aplacar tu enfado?

Amina reflexionó un momento y luego, mirando al caballo, dijo:

–Podrías enseñarme a montar.

Tarik se sorprendió. Luego dijo:

–¡Por mí, ahora mismo! Ya sabes que entre nosotros les está permitido a las mujeres montar caballos –ayudó a Amina a subir a la silla y llevó un trecho al caballo cogido de la rienda.

Era la primera vez que la princesa iba sola en un caballo, pero había soñado con eso tan a menudo que no tenía ningún miedo, ni le resultaba difícil mantener el equilibrio.

Se sentía maravillosamente. Una suave brisa refrescaba su sofocado rostro. Veía delante de sus ojos las orejas del caballo, sus largas y sedosas crines, y la cabeza de Tarik, cubierta por el velo. Y, debajo, el suelo pedregoso.

–¿Tiene nombre tu caballo? –preguntó Amina.

–Yo lo llamo Ibn Gazal –dijo Tarik.

—¿Ibn Gazal? Hijo de la gacela. ¡Me gusta el nombre! —exclamó la chica, y prosiguió—: Preferiría cabalgar sola. ¡Suelta las riendas, por favor!

—Eso es muy peligroso —objetó Tarik.

—Entonces, enséñame a hacerlo.

—Hoy se nos ha hecho demasiado tarde.

Así que los dos se citaron para el día siguiente en el mismo sitio. Hacia el mediodía, cuando los demás niños buscaban lugares de descanso, Amina se adentró sigilosamente en la quebrada, donde ya la estaba esperando Tarik. Él la montó en Ibn Gazal, le enseñó cómo debía llevar las riendas y le explicó lo que tenía que hacer para que el caballo echara a correr y se detuviera de nuevo, caminara hacia atrás y girara.

—¿No puede ir esto un poco más deprisa? —preguntó Amina.

—Mañana —le prometió Tarik.

Así se encontraron un día tras otro. El hijo del jeque Abdul le enseñó a Amina no solo a montar, sino también a tratar a un caballo. La chica le habló de la yegua torda de su padre y le dijo que su mayor deseo era poder montarla un día, pese a que, hasta entonces, Jarifa había derribado a todos los jinetes.

—Habría que darle tiempo —reflexionó Tarik en voz alta—. Tal vez han sido demasiado rudos con ella.

—Sí, es posible —le dio la razón Amina.

Así se hicieron amigos.

No se dieron cuenta de que el rebaño ya se había comido toda la hierba que había a la salida de la quebrada. Y como Amina era ahora la mayor de los niños pastores, mientras ella no diera la orden de ir a otro sitio a pastar, ninguno de sus hermanos y hermanas, primos y primas se atrevía a llevar a otros pastos a los hambrientos animales. Pero ella no daba la orden y los niños comenzaron a extrañarse de que Amina se refugiara todos los días en la quebrada durante las horas del mediodía. Y, cuando volvía, el sol había avanzado ya un buen trecho.

9

Un atardecer, Fátima les dijo a las otras mujeres:
—¿No habéis notado que nuestras cabras están más flacas cada día y que dan poca leche? Esperemos que no les hayan echado una maldición.

También las otras se habían dado cuenta. Interrogaron a sus hijos y descubrieron que era Amina quien ordenaba siempre apacentar el rebaño junto a la salida de la quebrada y, de paso, que ella desaparecía durante un rato todos los días y luego volvía muchas veces con el rostro sofocado y sin aliento. Todo esto inquietó a Fátima, y por eso le pidió a Alí que, a la mañana siguiente, siguiera disimuladamente a su hermana.

Alí supo por los otros niños en qué lugar desaparecía su hermana. Por la mañana dejó que ella sacara el rebaño como siempre y la siguió a mucha distancia. La cosa no resultó fácil, porque la zona era llana y perfectamente visible. Pero Alí era hábil. Ocultándose detrás de los arbustos y en las pequeñas depresiones del terreno, logró seguir disimuladamente al rebaño hasta la salida de la quebrada. Encontró una roca y se escondió detrás de ella. Allí esperó hasta que el sol alcanzó su punto más alto. Como todos los días, cabras, ovejas y niños buscaron sitios con sombra para descansar un poco o para adormecerse y soñar cosas bonitas. Como todos los días, Amina se puso en camino para encontrarse con Tarik, que entraba a caballo en la quebrada por el otro lado.

Alí siguió los pasos de su hermana. Aunque la quebrada estaba en penumbra, le resultó fácil seguir secretamente a la esbelta figura. Pero de pronto desapareció como si se la hubiera tragado un espíritu.

Alí ya temía que se le había escapado cuando, de repente, volvió a descubrirla al otro lado de un recodo. En ese momento estaba saludando a un jinete vestido de negro y cubierto con un velo del mismo color, que llevaba de la rienda un caballo lujosamente enjaezado.

Alí se estremeció, pues no dudó de que se encontraba delante de un hijo de la tempestad. El modo y manera en que Amina conversaba con él solo podía significar que ya se conocían desde hacía tiempo y habían intimado. Montó en cólera al ver cómo el desconocido ayudaba a Amina a subir a la silla y la enseñaba a cabalgar haciendo círculos y ochos, a trotar y galopar, a detenerse y a hacer recular al caballo.

Alí volvió a deslizarse sigilosamente hasta la salida de la quebrada y corrió a su casa para informar a sus padres. Como era de esperar, cuando Alí les contó la desobediencia de su hija, Fátima se echó a llorar y el jeque Idí Hamid se enfureció terriblemente. A las amigas de Fátima les costó mucho consolar a la desesperada madre.

–Su honra está manchada –sollozó Fátima–. ¿Quién se va a casar con ella ahora que parece haber entablado relaciones con un hombre desconocido, que encima es hijo de la tempestad? Nadie, nadie, nadie la va tomar ya por esposa, y mucho menos querrá pagar dinero por casarse con ella.

–¡Sécate las lágrimas! –la consolaron las amigas–. Amina es una chica muy guapa. La fama de su belleza ha traspasado ya los valles de los montañas del Atlas. Hasta en la plaza Mayor de Marrakech comenta la gente que su belleza, como una rosa recién florecida, eclipsa a todas las demás chicas. Nosotras guardaremos silencio, ni una sola palabra sobre su desliz saldrá de los muros de este castillo.

Pintaron de negro los ojos de Fátima, rojos de tanto llorar, y cubrieron su rostro para que nadie pudiera advertir lo desgraciada que era.

Mientras tanto, el jeque Idí Hamid convocó a los hombres de la tribu y los informó de todo.

–Por Alá y su profeta Mahoma –dijo al final de su discurso–, tenemos que ocuparnos de que, en el futuro, los hijos de la tempestad no se acerquen demasiado a nuestras mujeres ni a nuestras zonas de pastos. Mañana a primera hora, ensillaremos nuestros caballos y perseguiremos a ese seductor de niñas hasta que nos conduzca a las negras tiendas de su tribu, y luego les demostraremos a esos hijos de perra quién manda en esta región.

Idí Hamid mandó a Fátima que encerrara a Amina en cuanto volviera de cuidar el rebaño.

–Que no vaya a verla nadie –le ordenó. Pero no habría sido necesario que lo dijera, pues Fátima había decidido eso mismo por su propia cuenta.

La pobre Amina se llevó un susto que la dejó helada cuando se enteró de que sus citas secretas con Tarik habían sido descubiertas. Pero de nada sirvieron todos sus lamentos: Fátima la encerró. Y lo único que pudo llevarse consigo fue el colchón en que dormía siempre.

10

A LA MAÑANA SIGUIENTE, la despertó el ruido de delante de su ventana. El jeque Idí Hamid estaba reuniendo a sus hombres frente a la puerta del castillo. Las nerviosas voces de los jinetes, los resoplidos de los caballos y el golpeteo de los cascos contra el duro suelo solo podían significar que los hijos del viento se disponían a salir de caza. Amina no dudó ni un momento que el objetivo de esa cacería no podía ser otro que el príncipe Tarik. Se preguntó cómo podría ayudarle, mandarle un aviso. Pero no se le ocurrió nada, puesto que estaba detenida.

El jeque Idí Hamid tenía planeado hacer caer a Tarik en una celada. Les ordenó a sus jinetes ocultarse en las cercanías de la quebrada. Luego envió a dos de sus hombres con la misión de vigilar las dos salidas de la quebrada y hacerle una señal cuando la pieza buscada estuviera en la trampa.

Tuvieron que esperar mucho tiempo. El sol avanzaba por el cielo y las sombras avanzaban con él. Un viento caluroso arremolinaba granitos de arena que herían los ojos de los jinetes, y el suelo comenzaba a arder debajo de sus pies. El tiempo pasaba lentamente, y cuando por fin oyeron el «grito» de un águila ratonera, todos respiraron aliviados, pues esa era la señal convenida. Seguido por sus jinetes, el jeque Idí Hamid entró al galope en la quebrada.

Tarik había desmontado. Estaba esperando a Amina sentado en una piedra cuando, de repente, el suelo comenzó a vibrar bajo un lejano retumbar de cascos de caballo. Volvió a montarse en la silla de un salto y salió corriendo hacia el otro extremo de la quebrada. Al contrario que los caballos de los hijos del viento, Ibn Gazal estaba acostumbrado a galopar raudo por el desierto, a subir cuestas escarpadas, a saltar por encima de las rocas y a cambiar de dirección súbitamente. Era más veloz, más resistente y de paso más seguro que los caballos del jeque Idí Hamid.

El jeque había subestimado mucho la astucia de Tarik. Había olvidado que los hombres de una tribu nómada, además de ser mejores jinetes, no siguen las mismas leyes que los sedentarios. «¡Aleja siempre de tu campamento a tus perseguidores! ¡Despístalos y cánsalos!», les inculcan a sus hijos desde tiempos inmemoriales los padres de la tempestad. A esa regla se atuvo el príncipe Tarik cuando pasó al galope junto a los dos jinetes, totalmente sorprendidos, que lo habían estado acechando.

Corrió con Ibn Gazal hacia el sol poniente, de suerte que sus perseguidores, deslumbrados, apenas podían distinguirlo. Luego se escondió detrás de una roca hasta que los hijos del viento lo sobrepasaron, y entonces reapareció a su espalda. Jugó con ellos y les hizo correr en círculo hasta que sus caballos estuvieron a punto de desplomarse agotados.

El príncipe Tarik no regresó a su campamento ni informó a su padre de lo que había ocurrido mientras no estuvo seguro de haberse desembarazado del jeque Idí Hamid y de su séquito.

El jeque Abdul dio inmediatamente la orden de levantar las tiendas y cargar los camellos. Protegidos por la noche, los hijos de la tempestad partieron sin rumbo fijo, guiándose siempre por el viento y las estrellas, en busca de cualquier lugar donde ninguno de los hombres del jeque Idí Hamid pudiera acecharlos. Se alejaron más y más del castillo de los hijos del viento, en el que la princesa Amina había sido encerrada en su habitación en espera de que apareciera un hombre que la tomara por esposa.

11

Amina no dejaba de pensar en Tarik y en lo amable que había sido de su parte dejarla montar en su caballo. También pensaba en Jarifa, la yegua torda que no soportaba a ningún jinete sobre su lomo. De pronto recordó su intento de tejer una alfombra con caballos. Rompió la costura de su almohada y sacó la greca en la que había tejido tres caballos tordos: Jarifa, Jarifa y nuevamente Jarifa, un caballo al galope tres veces seguidas. ¿Acaso quería castigarla el Profeta por haber violado su mandamiento?

Amina volvió a meter cuidadosamente el tapiz en el escondite para ocultarlo a los ojos de su madre.

Entretanto, sus padres no habían permanecido ociosos. Habían anunciado por todas partes que buscaban para su hija un marido que debía tener determinadas facultades y cualidades. Para lograr su objetivo, sería necesario que realizara tres pruebas. Si las superaba, no tendría que pagar dinero alguno por la novia.

El jeque aprovechó también una nueva visita de Mustafá, el cantor y contador de cuentos, para pedirle ayuda en la búsqueda de un novio para Amina.

–¿Por qué tiene que pasar por tres pruebas? –quiso saber Mustafá, pues en aquella región del mundo era costumbre pagar un dinero por la novia.

–Mi hija predilecta es una muchacha especial –le explicó el jeque–. Por eso buscamos para ella un hombre también especial.

–¿Y qué pruebas son esas?

–Primero, tiene que enseñarle a la yegua Jarifa a dejarse montar por un jinete.

–Por consiguiente, ha de ser un buen jinete –constató Mustafá–. ¿Segundo...?

–Segundo, tiene que conseguirme a El Shams, ese caballo blanco como la luna.

–Pero todo el mundo sabe que el caballo blanco como la luna es propiedad de un jeque llamado Ibrahim, cuya tribu vive muchísimas leguas al este de aquí. Jamás se separará de él, pues lo ama como a su propio hijo –replicó el contador de cuentos.

–El futuro esposo de mi hija ha de poder encontrar alguna forma de conseguir que Ibrahim se separe de su caballo.

–Esperas, pues, que sea tan listo y astuto como una zorra del desierto –dijo Mustafá.

–O como un jeque –repuso el padre de Amina.

–¿Y tercero...?

—Ha de ganar con El Shams la gran carrera que todos los años se celebra durante el encuentro de todas las tribus bereberes en las montañas del Atlas.

—Eso es imposible, puesto que esa carrera la gana siempre el príncipe Tarik desde hace varios años. Él y su caballo Ibn Gazal son invencibles.

—Ya lo sé. Precisamente por eso quiero que la gane El Shams. Si es el primero en cruzar la línea de meta, eso significará la victoria sobre el peor de nuestros enemigos —dijo el jeque Idí Hamid—. Es posible que, en ese caso, los hijos de la tempestad mediten si les conviene llevar otra vez el ganado a pastar a nuestros campos. Ya te he dicho que las pruebas no serían fáciles.

—Bueno —prometió Mustafá—, yo pienso hacer todo lo que esté en mis manos para dar a conocer en todas partes tu interés por encontrar un esposo para tu hija.

—No lo lamentarás —le prometió el jeque.

—¿No sería conveniente preguntarle a la chica por sus deseos? —le propuso el contador de cuentos.

El jeque desechó esa propuesta.

—Nosotros no acostumbramos a guiarnos por los deseos de las mujeres. Ellas tienen que hacer lo que dicen los hombres.

Después, Mustafá se despidió de los hijos del viento porque en el mercado siguiente había ya muchas personas deseosas de oírle cantar y contar cuentos.

12

Mientras caminaba por un camino polvoriento, Mustafá reflexionó sobre los deseos del jeque Idí Hamid. Y como no solo era un famoso contador de cuentos, sino también un cantor reconocido, decidió ensalzar la belleza de Amina en una canción y empezó inmediatamente a componer las estrofas. Trataban del cabello de Amina, negro como la noche, cuyo brillo rojo recordaba los rayos del sol del ocaso; de sus hermosos ojos, de su blanca piel y de su grácil y esbelta figura. Mustafá comparaba a Amina con una rosa recién abierta en el jardín del rey y ensalzaba su dulzura y su atractivo. Componía versos y canturreaba, aquí cambiaba una palabra por otra y allí añadía una más. Y cuando finalmente estuvo satisfecho con su canción, había llegado a un oasis en el que en ese momento se celebraba un mercado.

Allí se colocó delante del muro de una casa y dio unas palmadas. Inmediatamente lo rodearon muchos de los asistentes al mercado, que estaban deseando que llegara, pues eso constituía una verdadera novedad en la monotonía de la vida cotidiana.

Mustafá les cantó con voz dulce la canción de Amina, la joven a la que su padre le estaba buscando esposo. Cantó que era la más bella de las muchachas existentes bajo el sol del desierto y, por eso, su padre exigía del futuro marido que superara tres pruebas, las cuales eran tan difíciles que en ellas arriesgaría la vida. Cuando terminó, muchas mujeres tenían lágrimas en los ojos, y sus maridos lamentaban haber dejado de ser libres porque, de lo contrario, habrían solicitado la mano de la princesa Amina, a pesar de todos los peligros. En agradecimiento por su maravillosa canción, los oyentes le dieron al cantor donativos mayores que de ordinario, y le pusieron a los pies una cesta de dátiles, un melón grande, tomates, varias panojas y un saquito lleno de mijo. Cuando Mustafá reemprendió la marcha con rumbo al próximo mercado, tenía comida suficiente para muchos días, pero también una pesada carga que llevar. Muy pronto reunió tanto dinero que pudo comprarse un burro, a cuyo lomo ató su equipaje. Y recorrió, uno tras otro, todos los mercados a los que un cantor y contador de cuentos podía llegar.

La canción de Amina fue conocida muy pronto en todos los oasis de la periferia del desierto, en todos los valles de la cordillera del Atlas, a lo largo de la

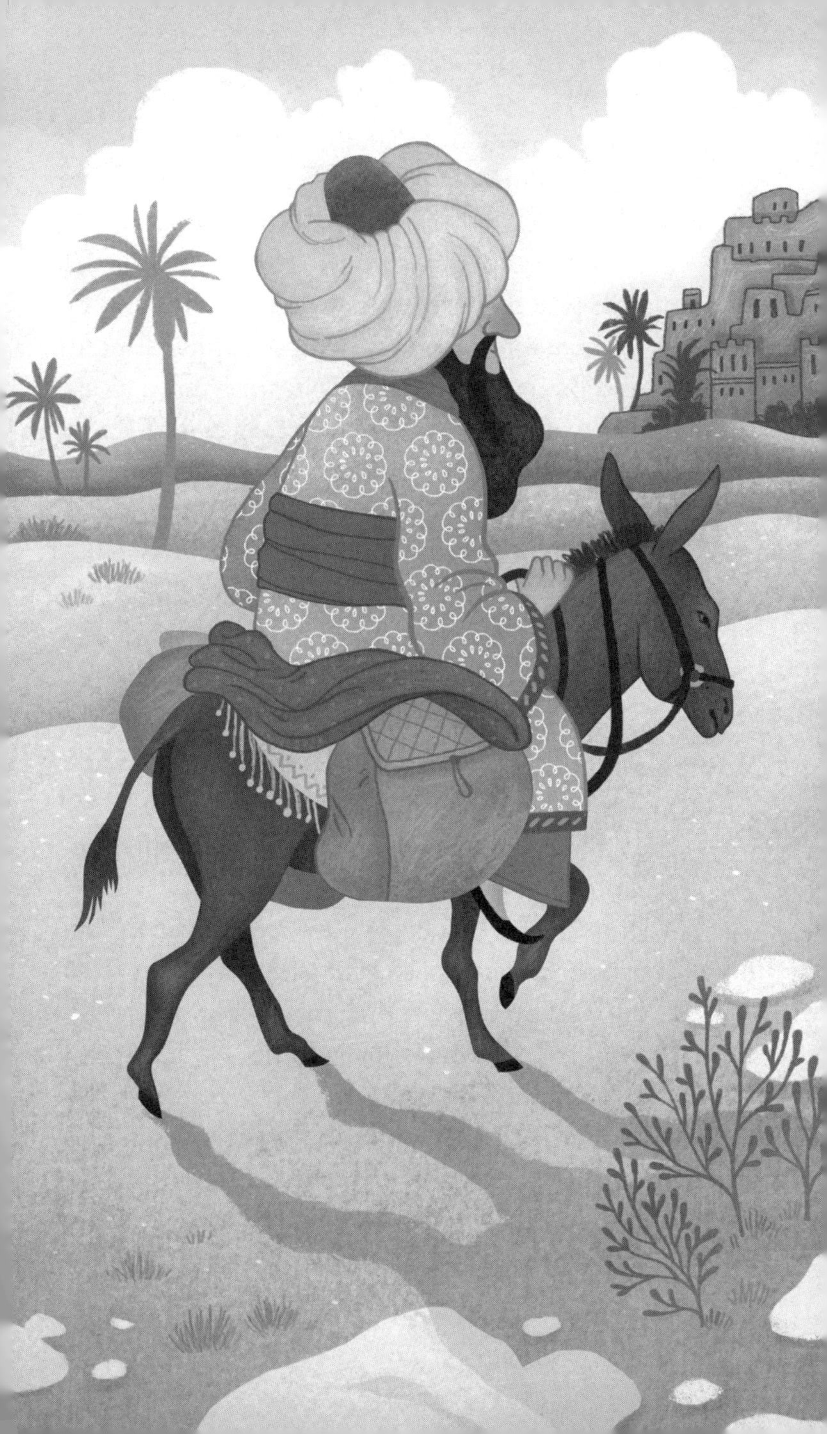

costa hasta Casablanca e incluso en las grandes ciudades reales de Marrakech y Fez. En todas partes tarareaba y silbaba la gente aquella melodía.

A las puertas del castillo de los hijos del viento llamaron muchos pretendientes. Pero ninguno de ellos logró mantenerse más tiempo del que dura un suspiro sobre la yegua Jarifa. Todos volvieron a casa tristes y fracasados y cubiertos de cardenales.

Un día, Mustafá cantó la canción en un mercado muy al este del país. Quiso el azar, la providencia o tal vez la baraka, la fortuna, que entre los oyentes se encontrara el príncipe Tarik. Él no había olvidado a Amina y recordaba a menudo lo maravillosos que habían sido sus encuentros y lo bien que la muchacha había dominado a su caballo Ibn Gazal. No le gustó que el jeque Idí Hamid le estuviera buscando un esposo.

Pero de pronto se le ocurrió la idea de que también él podía pedir su mano.

Mientras Tarik seguía parado y reflexionaba, Mustafá terminó la canción. La gente del mercado regresó a sus puestos. En una esquina, varios hombres negociaban el precio de camellos y cabras; en otra había unas cuantas mujeres sentadas detrás de sus cestos llenos de dátiles y de naranjas. En el suelo, delante de ellas, los niños jugaban en la arena. Algunos perros merodeaban alrededor de las casetas de los carniceros, con la esperanza de robar un trozo de carne.

En medio de ese hervidero, el príncipe Tarik seguía como petrificado. Sus ojos miraban al vacío. Estaba pensando. Lo que su padre diría sobre su plan, podía imaginarlo. Al jeque Abdul seguramente no le parecería bien que un hijo de la tempestad se casara con una hija del viento. Despreciaba a la tribu de Amina y tenía a sus miembros por débiles y cobardes. Que Amina era completamente distinta, no podía saberlo. De eso tendría que convencerlo Tarik. La segunda dificultad era lo que el jeque Idí Hamid pensaría de su petición de mano. ¿Lo recibiría siquiera? ¿Y le dejaría hacer el intento de montar a Jarifa? Tarik llegó a la conclusión de que su única posibilidad residía en disfrazarse y probar fortuna de ese modo, y ello con la mayor rapidez posible, antes de que se le adelantara otro. Si no tenía éxito, ninguno de los dos padres se enteraría de nada, y si cumplía realmente todas las condiciones, los situaría ante los hechos consumados.

A partir de ese momento, sintió un gran alivio. Compró una manta vieja que extendió sobre la silla de Ibn Gazal, unos arreos más propios de una mula, un traje raído y ya un poco deshilachado, y unas alforjas en las que podía esconder las bridas, la gualdrapa y su propia ropa. Pensó que, con el velo delante de la cara y el traje andrajoso, nadie vería en él a un hijo de la tempestad. A lo sumo, lo tendrían por un mendigo llegado del desierto.

Más tarde adquirió un saquito de dátiles y un queso de cabra para alimentarse durante el viaje y llenó su odre en el pozo de la aldea. Luego montó en su caballo y partió. La dirección no ofrecía dudas: bastaba seguir el sol de la tarde, que lo conduciría hacia el oeste, hasta que viera alzarse frente a él en la lejanía el castillo de los hijos del viento.

13

AL CASTILLO del jeque Idí Hamid seguían acudiendo de todas partes del país candidatos que pedían la mano de su hija. Por suerte, nadie había descubierto todavía que Amina había trabado amistad con un hijo de la tempestad, pues eso habría reducido mucho su valor. La circunstancia de que a ninguno de los hombres se le permitiera convencerse por sus propios ojos de la belleza de la princesa Amina concordaba con las costumbres del país. Pero tan pronto como el jeque daba la orden de sacar a la yegua Jarifa y esta se negaba a obedecer resoplando y encabritándose, el valor del candidato caía a un nivel más bajo que el del agua en los pozos del país. Y si este intentaba, a pesar de todo, montarla, inevitablemente acababa tirado en el suelo.

–Si todas las pruebas son tan difíciles, la bella Amina jamás conseguirá un marido –se decían los hombres en voz baja, y regresaban a casa profundamente decepcionados y sin haber logrado su propósito.

De todas formas, algunos de ellos se conformaban con comprar a otra chica de la tribu del jeque Idí Hamid por un par de camellos, un collar de coral o de ámbar o media docena de cabras u ovejas.

Al poco tiempo, todas las chicas en edad casadera habían encontrado marido, y los hijos del viento y sus familias se habían hecho ricos. Sus rebaños habían aumentado, y el número de collares de sus mujeres se había multiplicado. Su prestigio había crecido en todo Marruecos.

Al final solo quedaba Amina, que seguía llorando por Tarik, el príncipe del desierto. Cuando se hallaba sola, contemplaba a través de su estrecha ventana, poco mayor que una aspillera, el paisaje de delante del castillo. Observaba cómo los niños sacaban el rebaño por la mañana y volvían a casa con él al atardecer. Veía a las mujeres ir y volver del pozo con sus cántaros de agua, y seguía con la mirada al jeque Idí Hamid y a sus hombres que, a caballo, salían de caza o camino del mercado más cercano.

Veía todo eso con añoranza, y con añoranza recordaba a Tarik y a su caballo Ibn Gazal, sus encuentros en la quebrada y las clases de equitación que el hijo de la tempestad le había dado. Y cuando ya no podía soportar la añoranza, sacaba de la almohada el trozo de tapiz, acariciaba el tejido con los dedos y deseaba poder cabalgar libre y sin trabas compitiendo con el viento.

Era tanta su tristeza que adelgazó; sus ojos negros perdieron el brillo, y su cabello, el resplandor rojo que tan bien cuadraba con su piel. Fátima supuso que eso era consecuencia de la falta de aire fresco. Le pidió al jeque Idí Hamid permiso para sacar a su hija de su habitación, al menos durante unas horas cada día, y una vez que el jeque se lo concedió, Fátima montó su telar en un patio interior y le ordenó a Amina que la ayudara a tejer.

Pero la muchacha siguió mostrando poca habilidad.

–No me apetece –le explicó a Fátima en una ocasión en que esta le hizo un reproche.

–¡Criatura ingrata! –la reprendió Fátima–. ¡Agradece que te he sacado de tu habitación!

–Me da igual –replicó Amina con voz indiferente.

–¿Y qué quieres entonces?

–Quiero montar a caballo; a ser posible, a Jarifa, la yegua torda.

–¡Por Alá! –exclamó asustada la madre, y se llevó las manos a la cabeza–. ¿Qué espíritu malo te ha embrujado, criatura?

Amina calló. Habría podido decir que quien la había embrujado no era un espíritu, sino el príncipe Tarik y su caballo Ibn Gazal. Pero creyó que guardar silencio era más prudente que irritar a su madre con aquella respuesta.

—Me gustaría mucho más tejer figuras de hombres, caballos o camellos que estar tejiendo siempre franjas, redondeles y cosas parecidas –suspiró un día en voz alta.

—¿No te dije ya una vez que eso está prohibido? –la reprendió Fátima–. Además, nadie sabe cómo se hace.

Esa respuesta provocó a Amina, que dijo:

—Yo sí sé.

—¿Tú? No te creo.

La muchacha salió presurosa hacia su habitación y cogió la greca de los tres caballos galopando: Jarifa, Jarifa y otra vez Jarifa.

—¡Alá nos proteja! –chilló Fátima, y soltó el tejido como si fuera un hierro incandescente. Luego se desmayó. Amina recogió rápidamente la greca del suelo y se la escondió en una manga. De inmediato llegaron corriendo las otras mujeres, levantaron a Fátima, la tendieron sobre un diván y le pusieron en la nariz un frasquito de perfume para que se recuperara del desmayo.

—Ya sé por qué la fortuna ha abandonado a mi hija –gimió la madre cuando volvió en sí–: Ha conculcado los mandamientos del Profeta. Ha pecado. ¡Encerradla otra vez en su habitación! ¡No quiero volver a verla!

Las mujeres volvieron a encerrar a Amina, y todo quedó como estaba antes.

14

Un día se acercó a donde vivían los hijos del viento un caballero desconocido. Montaba un caballo negro y llevaba un traje raído. Como todos los hombres del desierto, se cubría con un velo la cabeza y la mitad inferior de la cara para protegerse de la arena. El caballo, con arreos más propios de una mula, se acercó a la puerta del castillo a paso lento.

–¡Alto! –le gritó un guardia–. ¿A quién quieres visitar? Los mendigos no son bien recibidos aquí.

–Estoy buscando a los hijos del viento. ¿Es este el castillo del jeque Idí Hamid? –preguntó el desconocido.

–¡Por Alá que lo es! –le aseguró el hombre–. ¿Qué quieres de él?

–En todos los mercados del sur de Marruecos se habla de la belleza de su hija. ¿Es realmente tan hermosa?

–Es la más bella de todas las chicas de los alrededores.

–Quiero pedir su mano.

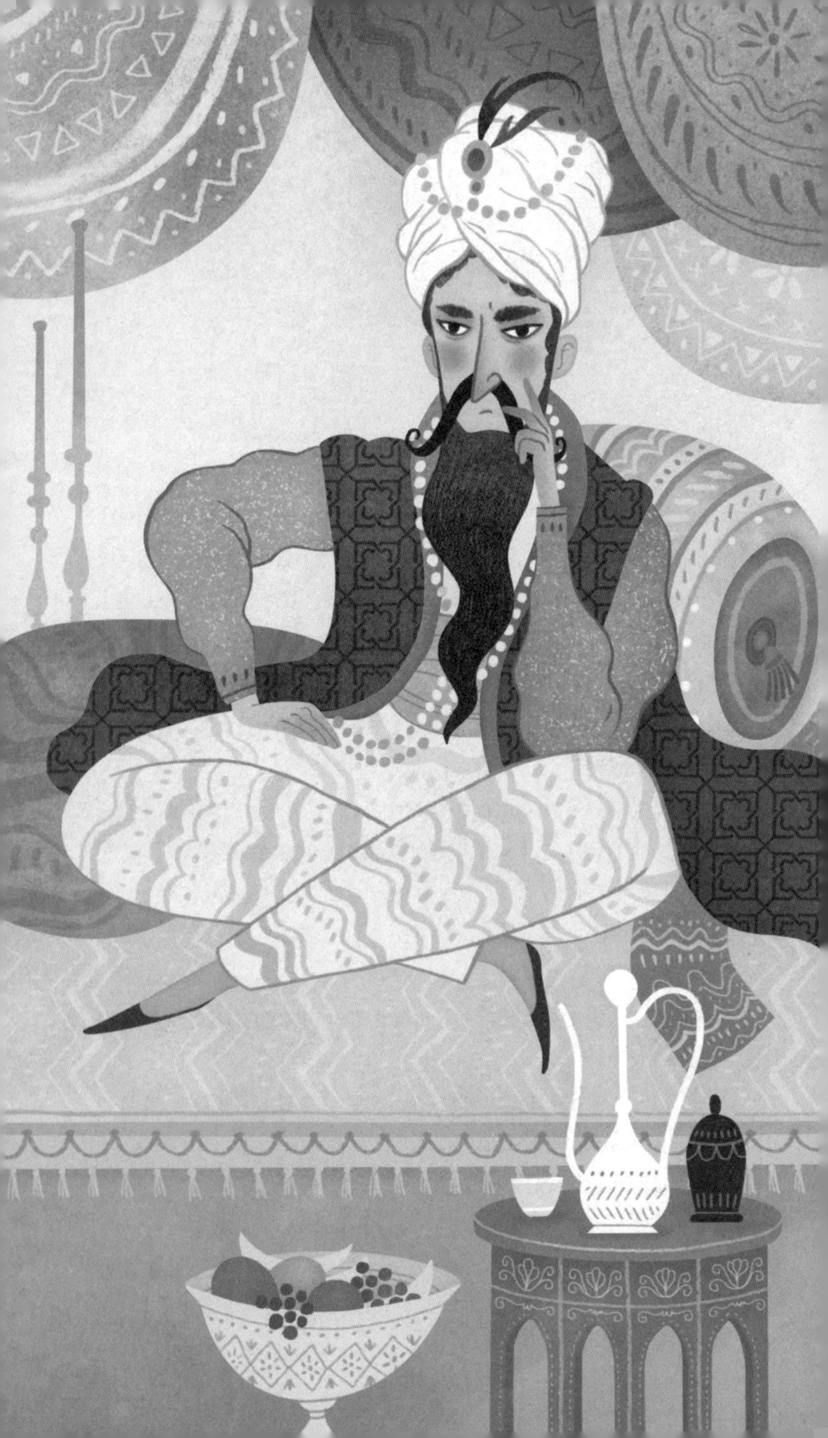

–¡Qué dices! ¡Un mendigo como tú quiere por mujer a la bella Amina! –exclamó el guardia riendo–. La princesa no está comprometida todavía. El jeque somete a todos los candidatos a tres pruebas difíciles de superar.

–Entonces anúnciame al jeque, pero dile que deseo ver a la princesa antes de pedir su mano. Yo no me expongo a que me den gato por liebre –exigió el desconocido.

–Me atrevo a poner en duda que el jeque te la muestre. Pero nadie puede impedirte que pruebes fortuna –dijo el guardia. Se dio media vuelta y entró para anunciar la llegada del jinete desconocido.

El jeque Idí Hamid recibió en el salón al disfrazado Tarik. Estaba sentado sobre un cojín con las piernas cruzadas. A su lado se hallaba Alí, el mayor de sus hijos, y unos pasos detrás de él, Fátima.

–¿Qué quieres? –le preguntó el jeque al jinete.

–He oído hablar de tu hija. Mustafá, el cantor y contador de cuentos, canta en todos los mercados de Marruecos su belleza y sus atractivos. Asegura que supera las rosas del jardín del rey.

–Eso se ajusta a la verdad.

–Antes de pedirte su mano, me gustaría convencerme por mí mismo de esa verdad.

–Exiges que exponga mi hija a tus miradas, pese a que tú mismo ocultas tu rostro bajo un velo –exclamó indignado el jeque Idí Hamid–. Es demasiado.

–Entre nosotros es costumbre que los hombres se cubran el rostro –replicó el desconocido.

–Entonces debes de ser un hombre del desierto.

El jeque Idí Hamid lo examinó detenidamente. En el desconocido había algo que le resultaba familiar, pero no sabía qué. ¿Era la actitud regia dentro de un traje andrajoso? ¿Eran las manos, finas y a la vez enérgicas? ¿O eran los ojos, que parecían acostumbrados a otear el horizonte en busca de un enemigo? Había en él algo que al padre de Amina le aconsejaba andar con cautela. Pero de repente cayó en la cuenta de que ya hacía mucho que ningún hombre había solicitado la mano de su hija y de que la belleza de esta era efímera. Además seguía temiendo que algún día se supiera que Amina había entablado relaciones con un hijo de la tormenta. Por eso reprimió su deseo de exigirle al desconocido una información precisa sobre su origen. La idea de examinar su caballo con atención no se le ocurrió al jeque. Si lo hubiera hecho, probablemente habría notado la semejanza con Ibn Gazal, caballo de la raza criada por su enemigo Abdul.

–¿Cómo te llamas?

–Puedes llamarme Ajmed. Mi padre es Abú Sahed.

Pero el jeque jamás había oído hablar de ningún Abú Sahed.

–¿Conoces las condiciones que debe cumplir aquel que solicita la mano de mi hija predilecta? –preguntó.

–Las conozco –respondió fríamente Tarik.

–Entonces sabes también que, en primer lugar, debes lograr que la yegua Jarifa se deje montar. En esa empresa han fracasado todos los que te han precedido. ¿Necesitas algo?

–Lo único que necesito es tiempo –declaró Tarik.

La respuesta sorprendió al jeque, pues hasta entonces todos los candidatos habían intentado subirse sin más sobre la indómita yegua. Y como se volvían a encontrar rápidamente en el suelo, su visita a los hijos del viento terminaba rápidamente también. Tiempo no había pedido ninguno.

–Está bien. Tiempo puedes tener todo el que quieras. Lo decisivo es únicamente que superes la prueba, o no –dijo el jeque, y le indicó a Fátima que le asignara una habitación al desconocido y le mostrara dónde podía guardar su caballo.

–Yo no necesito ninguna habitación para dormir –dijo Tarik, declinando el ofrecimiento–. Estoy acostumbrado a pasar las noches al aire libre, y mi caballo no se deja encerrar en ningún establo.

–Hágase como quieras –dijo el jeque Idí Hamid.

15

El príncipe Tarik actuó con Jarifa sin prisa alguna. Primero la llevó a un cercado, la dejó en el centro y esperó a que se acostumbrara a él. La yegua solo tardó unos días en cogerle de la mano un trozo de torta de maíz.

Amina observaba todo desde su habitación. A diferencia de su padre, de su madre y de su hermano, había reconocido inmediatamente a Tarik. Desde ese momento, su corazón latía más deprisa. En una ocasión en que él estaba debajo de su ventana, ató la greca alrededor de una pequeña piedra y se la arrojó a los pies. Tarik recogió el proyectil. Luego miró hacia arriba y baló como una cabra. Así supo Amina que él había reconocido la señal.

Pasó bastante tiempo hasta que la indómita yegua se amansó. El príncipe Tarik hablaba con ella como con una persona y la iba acostumbrando a su voz. Cuando lo veía, Jarifa se le acercaba corriendo y le ponía la cabeza sobre el hombro.

Pronto pudo colocarle una brida y ensillarla. Le hacía dar vueltas y la yegua lo seguía como si fuera la cosa más natural del mundo. A veces Tarik apoyaba con fuerza la mano en el estribo, y cada día hacía más presión en él. Un día puso el pie en el estribo y se elevó. Al principio, Jarifa se asustó y comenzó a temblar, pero enseguida se tranquilizó al oír la voz de Tarik, que musitaba una y otra vez: «¡Vamos, vamos, pequeña, no tengas miedo! ¡Nadie te va a hacer daño! ¡Tranquila, tranquila!».

No solo Amina, sino también el jeque Idí Hamid y Alí observaban con gran admiración los métodos del desconocido, pues los hijos del viento domaban los caballos para la monta de una forma completamente distinta. Comenzaban por atarlos con cuerdas, de manera que fuera posible ponerles la silla y apretarles la cincha. Y no desataban las cuerdas hasta que el jinete se hallaba sentado en la silla. Con ayuda del látigo y de unas espuelas grandes, el caballo tenía que aprender a someterse y a obedecer. Eso se conseguía casi siempre. Pero la indómita Jarifa se había defendido violentamente y había derribado a sus jinetes una y otra vez, hasta que nadie se atrevió a acercarse a ella.

Pronto pudo el príncipe Tarik cruzar su pierna por encima de la silla; pronto cabalgó al paso de un lado a otro. Y cuando un día dio la orden de abrir la

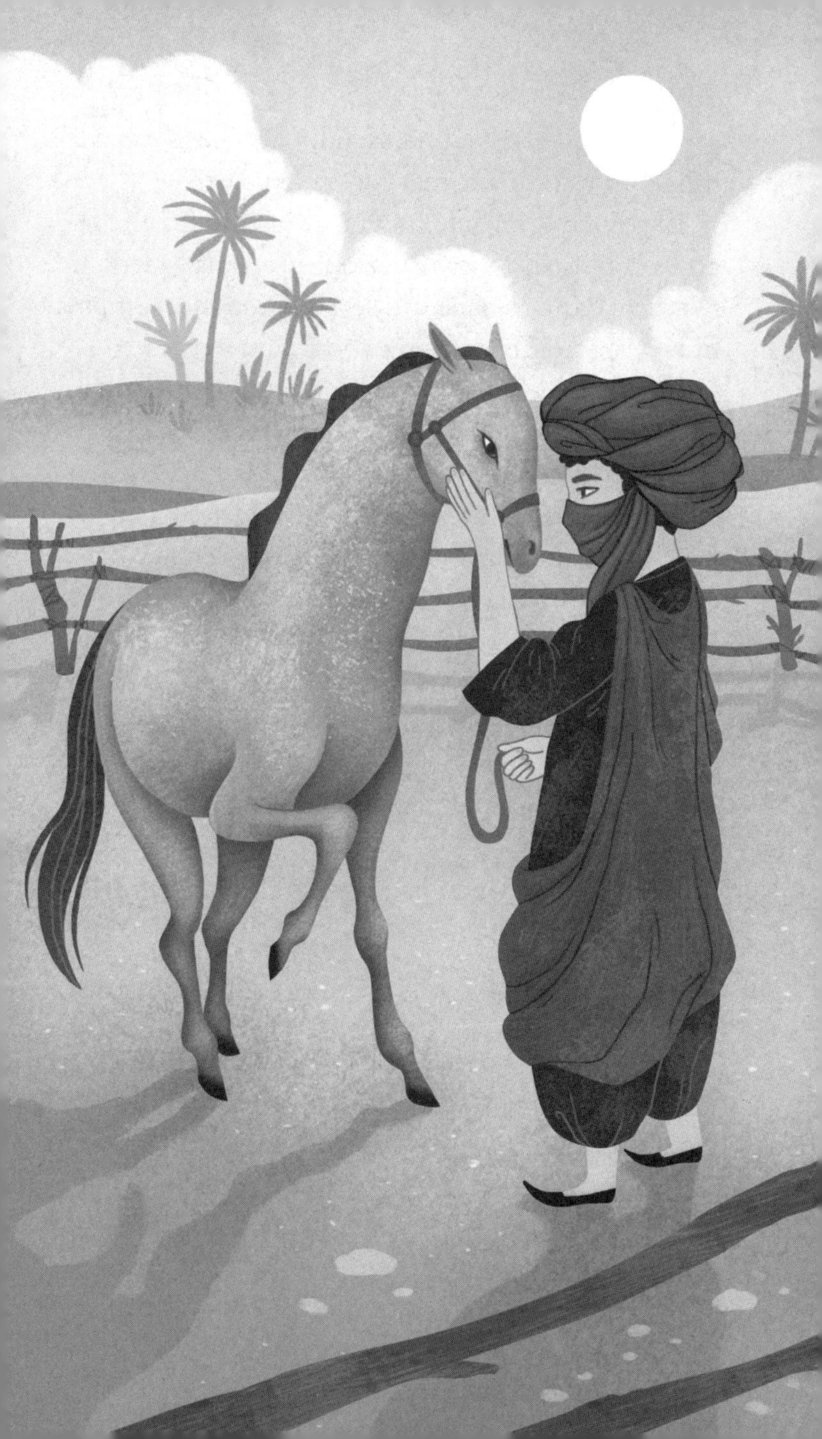

cerca, el jeque Idí Hamid sacudió la cabeza con admiración y Amina se regocijó en su cuarto.

El príncipe Tarik le mostró al caballo los alrededores del castillo, y cada vez que el animal quería ir más deprisa, lo frenaba y le decía: «Despacio, siempre muy despacio. Todavía no es hora para eso».

Pronto lo dejó trotar, le dio rienda suelta y salió al galope, giró y lo hizo andar hacia atrás. Y también podía desmontarse, y dejarle la rienda floja encima del cuello. Entonces el caballo sabía que debía pararse y esperar a que Tarik montara de nuevo en la silla.

—Esta prueba la has superado bien —dijo el jeque Idí Hamid. Pero calló lo mucho que le había gustado el cuidado y la paciencia con que aquel Ajmed había domado a Jarifa—. Pero ahora te espera la prueba siguiente, que es mucho más difícil. Hela aquí: ¡tráeme a El Shams, el caballo blanco como la luna del jeque Ibrahim!

—Se hará como mandas —replicó el príncipe Tarik, e hizo una reverencia.

16

¡Cuánto le habría gustado despedirse de Amina! Pero Fátima cuidaba atentamente de que la habitación de la chica estuviera siempre cerrada. Así que solo le quedó la estrecha greca tejida. La plegó y la metió en la bolsa de cuero que llevaba en el pecho. Luego llenó su odre con agua del pozo, ensilló a Ibn Gazal y partió a caballo hacia el sol de la mañana.

El camino hasta el lugar donde vivía el jeque Ibrahim fue largo y caluroso. Tarik tuvo que cabalgar a través del desierto, cruzando altas dunas de arena, montañas pedregosas y peladas, y vastas altiplanicies, siempre de pozo en pozo y de oasis en oasis. Muchas veces sintió deseos de descansar un poco a la sombra y de dejar que Ibn Gazal paciera un par de días. Pero la añoranza de Amina le impulsaba a seguir y seguir.

Un día, los agudos ojos de Tarik descubrieron una laguna y, alrededor de ella, unas cuantas palmeras. Cuando se acercó a lomos de su caballo, creyó distinguir debajo de los árboles una figura inmóvil. Pronto pudo comprobar que la laguna y las palmeras eran un engañoso espejismo, una fatamorgana. La misteriosa figura se contrajo como un dátil secado por el sol: no era más que un pobre burro pequeño que, con la cabeza gacha, parecía estar esperando algo. Junto a él había un hombre tendido en el suelo. Era Mustafá, el cantor y contador de cuentos.

–*Salam aleikum* –lo saludó Tarik–. ¿No te encuentras bien?

–*Aleikum assalam* –musitó Mustafá con voz débil–. Tengo sed, una sed terrible. Mi odre de agua tenía un agujero. El agua se ha ido derramando gota a gota en la arena sin que yo lo notara. Mi burro y yo llevamos dos días sin beber.

El príncipe Tarik saltó inmediatamente del caballo, desató su odre y dejó que Mustafá bebiera de él todo lo que quisiera. También el burro tuvo su ración.

–¡Oh, qué bien sienta esto! –suspiró feliz el anciano. Luego se dio cuenta de quién era el que lo había salvado–. ¡Príncipe Tarik! ¿Adónde te lleva tu camino?

–Quiero hacerle una visita al jeque Ibrahim –respondió Tarik– y convencerlo para que me venda a El Shams, el caballo blanco como la luna.

–¡Uf, qué carga te has echado encima! Al parecer, el jeque quiere a El Shams como a un verdadero hijo –dijo Mustafá.

–Alá estará conmigo y me ayudará –dijo Tarik, muy seguro.

–Tal vez yo también pueda hacerlo –le propuso el cantor.

El príncipe Tarik vaciló. Pensó que Mustafá caminaría despacio con su burro, mucho más despacio que un hijo de la tempestad en un caballo veloz como Ibn Gazal. Pero luego cayó en la cuenta de que Mustafá quizá podría serle útil para conseguir el caballo blanco como la luna. Si no con obras, en todo caso con sabios consejos.

–Está bien –dijo–. Hagamos el resto del camino juntos.

A partir de ese momento compartieron todo, cabalgaron durante la noche, porque durante el día hacía mucho calor, y soportaron tormentas de arena e incluso un asalto. Cuando los bandidos se dieron cuenta de que de ninguno de los dos se podía sacar nada, los dejaron marchar. El primer atardecer que pasaron juntos, el príncipe Tarik le pidió al contador de cuentos que le contara una historia. Sin hacerse de rogar, Mustafá le satisfizo ese deseo. Cuando terminó su relato, le cantó una vez más la canción de Amina, cuya belleza eclipsaba la de las rosas del jardín del rey. Y como al hijo de la tempestad le gustaba escucharle, la tarde siguiente Mustafá tuvo que contarle otra historia y, luego, cantarle de nuevo la canción de Amina. Por la noche, Tarik soñó con ella, hecho que le infundió nuevos ánimos y le dio fuerzas para convencerse de que se haría con la propiedad del caballo, a fin de poder entregárselo al jeque Idí Hamid. Si ganaba con él la gran carrera, el jeque no podría negarle la mano de su hija.

Mientras cabalgaban por el desierto, Tarik se preguntaba qué podría ofrecerle por su caballo al jeque Ibrahim, porque él no se iba a desprender del animal a cambio de nada. Eso era seguro. «En el momento oportuno me ayudará mi fortuna», pensó, y a partir de entonces dejó de preocuparse.

Cuanto más se acercaban a la región que el jeque Ibrahim consideraba como su reino, con más frecuencia llegaban a sus oídos rumores sobre los litigios fronterizos entre Ibrahim y una tribu bereber vecina. En los oasis por los que pasaban, la gente les aconsejaba a Tarik y a Mustafá que no cruzaran la zona conflictiva.

–Es peligroso –les decían–. Si apreciáis en algo vuestras vidas, dad un rodeo.

Pero eso no arredró al príncipe Tarik, y el anciano Mustafá insistió en acompañarlo, aunque fuera al infierno.

17

Pronto llegaron al territorio motivo de las enemistades. Por las noches, cuando se calmaba el viento, el príncipe Tarik creía oír algunas veces llamadas de camellos, relinchos de caballos, gritos de guerreros del desierto y choques de espadas. Pero el viejo Mustafá, que era ya un poco duro de oído, lo tranquilizaba diciéndole que era solo el sonido de las dunas en movimiento.

Una mañana, cuando el sol emergía de la llanura como una bola roja incandescente, cruzaron una sierra pelada. Entonces, el príncipe Tarik divisó un jinete que cabalgaba un buen trecho por delante de ellos. Iba lujosamente vestido y montaba un caballo blanco, ricamente enjaezado, que caracoleaba nervioso. El rostro del jinete no estaba cubierto por ningún velo. En su antebrazo se posaba un halcón y delante de él corrían dos galgos.

–El jeque Ibrahim, de cetrería –le susurró Tarik a Mustafá–. Monta a su caballo El Shams. Vamos, tenemos que buscar un lugar donde ocultarnos para no cruzarnos con él.

Encontraron una roca grande, detrás de la cual cupieron también Ibn Gazal y el burro de Mustafá.

Tarik se acercó un trecho a rastras, porque desde allí tenía una mejor visión. Mustafá se quedó detrás con los animales.

El jinete había detenido a su caballo. Miraba a su alrededor, pero el príncipe Tarik no pudo averiguar qué estaba buscando. De pronto, no lejos de él, levantó el vuelo una paloma. Con un fuerte impulso, el jeque Ibrahim lanzó al aire el halcón. Mientras la rapaz ascendía más y más trazando grandes círculos, la desesperada paloma trataba de escapar. Voló directamente hacia la roca tras la que se escondían el príncipe Tarik y Mustafá.

El halcón, a mucha altura de ellos, se dejó caer en picado. Pretendía cazar al ave. Primero erró el golpe, pero luego la atrapó. Rodó con ella por el aire y siguió cayendo sin soltar su presa. Muy cerca de las caballerías, halcón y paloma se estrellaron contra el duro suelo.

Justo en el momento en que el halcón se disponía a desgarrarle el pecho a la paloma, llegó corriendo el viejo Mustafá.

—¡Largo de aquí! —exclamó furioso, porque le daba pena el pobre pajarillo—. ¡Por todos los espíritus buenos, si no desapareces de mi vista, te mataré!

El halcón soltó su presa, levantó el vuelo y desapareció. La paloma se quedó en el suelo, como mareada.

El contador de cuentos la cogió con cuidado.

–Pobre palomita –dijo–. ¡Alá debía de estar mirando hacia otro lado cuando el malvado halcón se ha lanzado a perseguirte!

Las delicadas plumas de la pechuga del ave temblaban con cada latido del corazón. Mustafá examinó patas y alas, y no encontró ninguna lesión importante.

–En cuanto te repongas del susto, podrás volar otra vez.

Tarik, que llegó corriendo en ese momento, señaló entre las plumas un objeto pequeño enrollado.

–Eso debe de ser un mensaje –le explicó Mustafá–. Nuestra palomita es una mensajera –soltó cuidadosamente el rollo de la pata a la que estaba atado y le dijo a Tarik–: ¡Léeme lo que hay escrito!

–Atacad inmediatamente el campamento del jeque Ibrahim. La ocasión es propicia, pues él se ha ido de caza solo. Yo lo estoy esperando con un puñal en las cercanías del pozo –leyó el príncipe Tarik, y exclamó horrorizado–: ¡Por Alá, quieren matarlo!

–Tenemos que ir en su ayuda –dijo Mustafá.

–¡Tienes razón! –exclamó Tarik, y montó en su caballo–. ¡Tú avisa al jeque! Yo buscaré su campamento y daré la voz de alarma a sus hombres. A mí me creerán cuando les cuente el plan del atentado; a un contador de cuentos, no.

Tras decir estas palabras, partió al galope. Mustafá le siguió con la mirada. Continuaba teniendo en la mano el pájaro herido y se preguntaba qué debía hacer con él. Pero la paloma se había recuperado del susto. Aleteó e intentó librarse de las manos que la agarraban. El anciano la lanzó al aire, y ella huyó volando.

18

Mustafá corría en busca del jeque Ibrahim con toda la rapidez que podía. Su burro tropezaba, patinaba y resbalaba al bajar la empinada cuesta. Ramas con espinas desgarraban las ropas del cantor, el cual le gritaba constantemente a su cabalgadura:

–¡*Yalla, yalla,* más deprisa, más deprisa!

Al oír el ruido, el jeque Ibrahim detuvo su caballo. El corcel blanco como la luna se encabritó, y el halcón posado en el puño del jinete luchó por mantener el equilibrio.

–¿Qué ocurre, buen hombre? –saludó el jeque a Mustafá–. ¿Qué hay tan importante como para que te expongas a que tu burro se rompa una pata?

–¿Dónde hay un pozo por aquí? –jadeó sin aliento el contador de cuentos.

–Ahí delante, donde se alza el árbol viejo. ¿Tanta sed tienes? Si quieres, puedes beber de mi odre de agua –le ofreció el jeque Ibrahim.

–No, no. No es eso... Da la vuelta. ¡Estás en peligro! ¡Junto al pozo te espera un asesino!

–¿Estás chiflado, viejo? ¿Y quién puede querer asesinarme?

–¿No estás en guerra con un vecino?

–Es cierto: un jeque reclama mis mejores pastos. Afirma sencillamente que le pertenecen a él. Pero miente. Nosotros llevamos allí nuestros rebaños desde tiempos inmemoriales. Sin esos campos de pastoreo, se nos morirían de hambre los caballos y los camellos, las ovejas y las cabras. Y si ellos se mueren de hambre, también tendremos que hacerlo nosotros, pues no podemos sobrevivir sin animales –le contestó el jeque Ibrahim–. Pero dime cómo te has enterado de eso.

–Ahora no hay tiempo para ello. Más tarde te lo podrá contar el príncipe Tarik.

–¿El príncipe Tarik ibn Abdul de los hijos de la tempestad? –preguntó sorprendido el jeque Ibrahim.

–Ese precisamente. ¡Pero apresúrate, señor! ¡El asesino está aquí mismo, en alguna parte!

En ese preciso momento rodó una piedra. El jeque Ibrahim obligó a su caballo a recular violentamente. El puñal pasó silbando a un centímetro de él y se clavó en la tierra.

–¡Ahí está! –gritó el contador de cuentos.

Una figura vestida de negro salió saltando de detrás de la vieja acacia y emprendió la huida rápidamente. El valeroso Mustafá quiso seguirla con su burro, pero el jeque Ibrahim lo detuvo.

–¡Déjalo! –gritó, y el tono de su voz no admitía réplica–. No merece que nos manchemos las manos con él. Mis hombres lo perseguirán más tarde y lo acosarán en el desierto. No encontrará descanso en ningún sitio, y un día lo cogerán y lo traerán atado hasta mi tienda. Entonces recibirá el castigo que merece –hizo girar a El Shams, llamó a sus perros y, dirigiéndose a Mustafá, prosiguió–: ¡Sígueme! Regresamos a mi campamento.

Cabalgaron por una quebrada cuyas paredes rocosas se elevaban perpendicularmente hacia el cielo. El Shams conducía a su dueño con paso seguro por encima de las piedras. Luego, las montañas se abrieron de pronto y se extendió delante de ellos una vasta llanura pedregosa, en la que se hallaba el campamento. Las tiendas se alzaban bajo el sol del mediodía. En los alrededores pastaban muchos caballos y camellos.

Cuando el jeque Ibrahim y Mustafá se acercaban al campamento, salieron corriendo a su encuentro algunos hombres que gritaban:

–¡Alá nos ha prestado su ayuda! Hemos puesto en fuga a nuestros enemigos. ¡Sin la ayuda de Alá y del príncipe Tarik, estaríamos todos muertos!

Luego, Tarik se abrió paso entre la multitud.

–*Salam aleikum* –saludó al jeque Ibrahim.

Y el jeque respondió:

–*Aleikum assalam*. Ven a mi tienda. Allí tomaremos té y me contarás qué ha pasado –se apeó de su caballo y le entregó las riendas a un criado.

19

El primer vaso de té se lo bebieron en silencio, sumido cada uno en sus pensamientos. El jeque Ibrahim se preguntaba cómo podría mostrarle su agradecimiento al hijo de la tempestad. Tarik meditaba cómo podría conseguir que el jeque Ibrahim le cediera a El Shams, el caballo blanco como la luna. Y Mustafá imaginaba con qué viveza contaría a sus oyentes aquella aventura.

Mientras saboreaban el segundo vaso, el príncipe Tarik habló de la paloma bajo cuyas plumas habían encontrado un mensaje. Contó que había podido avisar a tiempo a los hombres del jeque y que ellos habían acordado ponerles una trampa a los enemigos. Era preciso que todo pareciera tan tranquilo como siempre. Los jinetes enemigos habían esperado en vano la orden de atacar que la paloma debía llevarles. Pero el calor del mediodía, cada vez más sofocante, les hizo perder la paciencia. Por eso decidieron asaltar el campamento por su propia cuenta. Sin embargo, cuando se hallaban en mitad de las tiendas, Tarik hizo una señal y los seguidores del jeque Ibrahim, perfectamente armados, salieron de las tiendas gritando a voz en cuello y cargaron contra los recién llegados. Esa carga asustó tanto a los bandidos que huyeron inmediatamente. No se derramó ni una sola gota de sangre.

–¡Por Alá! –exclamó Tarik concluyendo su relato–. ¡La fortuna ha estado de nuestra parte!

–¡Me has salvado a mí y has salvado también a mi gente! –suspiró el jeque, que aún sentía en sus carnes el horror que le había causado el relato de Tarik–. El robo de nuestros pastos habría significado nuestra muerte. ¿Cómo puedo agradecerte esto?

Tarik se tomó tiempo hasta que un criado les hubo servido el tercer vaso de té. Estaba deliciosamente dulce y lo reanimó. Luego se armó de valor y dijo:

–El hecho de que yo esté aquí tiene que ver con la princesa Amina, la hija del jeque Idí Hamid de la tribu de los hijos del viento.

Pero antes de que pudiera seguir hablando, intervino en la conversación el contador de cuentos:

–Si quieres saber algo más sobre Amina, ¡escucha una canción que me gustaría cantar para ti! –y sin esperar la respuesta, entonó la canción de Amina. Cantó su belleza, sus atractivos, su agraciada figura. Cantó el amor que se había adueñado de Tarik, y cantó también las difíciles pruebas que debía superar para conseguir la mano de la princesa. Cuando hubo terminado, el jeque Ibrahim le preguntó:

–¿Y qué condiciones son esas?

Y Tarik contestó:

–Primero tuve que amaestrar a la yegua Jarifa, que hasta entonces no había soportado que nadie la montara.

–¿... y segundo?

–... tengo que conseguir para el jeque Idí Hamid a El Shams, el caballo blanco como la luna, y...

–... y ganar con él la gran carrera que se celebra durante la reunión anual de todas las tribus en los montes del Atlas –dijo Mustafá, completando la frase.

La tienda quedó en silencio. El príncipe Tarik no se atrevía a mirar a los ojos de su anfitrión porque sabía cuánto quería este a su caballo. Mustafá, al que la garganta se le había quedado seca de cantar, se hizo servir un nuevo vaso de té.

El jeque Ibrahim reflexionaba. Tenían razón las gentes cuando comentaban que el caballo blanco como la luna lo era todo para él. Pero tampoco ese animal, lo mismo que los otros caballos, camellos, ovejas y cabras, habría encontrado en adelante nada que comer si aquellos bandidos hubieran logrado robarle sus campos. El príncipe Tarik tenía fama de ser un buen jinete y un hombre que sabía tratar a los caballos. Él se ocuparía de que a El Shams le fuera bien entre los hijos del viento.

–Te estoy muy agradecido, Tarik, hijo de Abdul –comenzó el jefe, después de haber tomado una decisión–. Con gran pesar de mi corazón, te entregaré mi caballo, pero con una sola condición...

–¿Y qué condición sería esa? –preguntó Tarik con voz temblorosa.

–Quiero que sea mío el primer potro que nazca de él y de la yegua Jarifa.

–Eso te lo puedo asegurar –repuso Tarik.

De este modo, y con ayuda de Mustafá, había superado también la segunda prueba. Tras varios días de descanso, Tarik ensilló a Ibn Gazal y se despidió de su anfitrión. Un criado le entregó las riendas de El Shams, el caballo blanco como la luna. Después partió, esta vez con dirección al sol poniente. El contador de cuentos no le siguió: el jeque Ibrahim lo había invitado a que se quedara con él y lo distrajera con sus canciones e historias.

20

El príncipe Tarik no necesitó para regresar al castillo de los hijos del viento ni la mitad del tiempo que había empleado en el viaje de ida. Cuando su caballo negro se cansaba, colocaba la silla sobre el lomo de El Shams y montaba en él hasta que Ibn Gazal se había repuesto de nuevo. Además no tenía que andar rezagado por culpa de Mustafá, que siempre había ido despacio con su burro.

Entretanto, los hijos del viento se hallaban en plenos preparativos de la gran reunión de las tribus bereberes en las montañas del Atlas. El jeque Idí Hamid había cedido y dejaría asistir a Amina.

Como hacía mucho tiempo que había perdido la esperanza de volver a ver a Ajmed, se consolaba con la idea de que quizá podría encontrar en la fiesta a otro hombre para su hija. Tal vez era mejor que las cosas estuvieran así, pues nunca se había disipado por completo su desconfianza hacia el andrajoso jinete que no mostraba su rostro a nadie. Tal vez había perdido la vida en el intento de robar el caballo blanco como la luna.

Alí fue el primero que vio en el horizonte al jinete desconocido, que traía de las riendas un segundo caballo. E inmediatamente le comunicó la novedad a su padre.

—Creo que es el hombre que domó a Jarifa, el tal Ajmed.

—Si es él —exclamó sorprendido el jeque Idí Hamid—, ¡entonces el animal que lleva de las riendas tiene que ser El Shams, el caballo del jeque Ibrahim!

Y así era. Cuando Tarik llegó a la entrada del castillo, todos los hombres salieron corriendo para admirar el caballo blanco como la luna, y las mujeres se apiñaron en los estrechos vanos de las ventanas para hacer lo mismo. Viendo cómo los dos caballos hacían escarceos juntos, los espectadores tenían la impresión de que el día y la noche se habían transformado en seres vivos: Ibn Gazal, sobre cuya negra piel brillaban como pequeñas estrellas las manchas blancas, y a su lado El Shams, que con su radiante blancura obligaba a cerrar los ojos. El jeque Idí Hamid contempló pensativo a los dos caballos.

Nuevamente tuvo la sensación de que en el negro había algo que le resultaba conocido. Trató de recordar si ya había visto alguna vez a aquel caballo. Pero lo engañaron de nuevo la manta vieja, los arreos de mula y la ropa raída del dueño. De pronto, a través de las exclamaciones de admiración de sus hombres se abrió paso la voz del desconocido:

–Señor, he cumplido la segunda condición, y estoy dispuesto a cumplir también la tercera. Permíteme montar a El Shams en la gran carrera; con él venceré a Ibn Gazal.

–¡Se atreve a competir con Ibn Gazal! –murmuró la multitud–. ¡Con el príncipe Tarik, el hijo de la tempestad! Para eso hace falta mucho valor y mucha confianza en sí mismo.

Y mientras se decían eso unos a otros, ninguno se daba cuenta de que estaban ante el mismo Ibn Gazal. ¡Hasta ese punto estaban ofuscados y atontados!

El príncipe Tarik le entregó a un criado las riendas del caballo blanco y aceptó la invitación de Idí Hamid de cenar con él. El jeque mandó inmediatamente degollar un carnero para celebrar el acontecimiento.

–¿Cómo has logrado que Ibrahim se desprendiera de su caballo? –le preguntó a su huésped el padre de Amina una vez que terminaron de cenar–. Porque no se lo habrás robado, ¿verdad?

Entonces Tarik le contó todo, y ni siquiera calló que le había prometido al jeque Ibrahim el primer potro que naciera del apareamiento de Jarifa con El Shams.

–¡Bien lo has hecho, por Alá! –lo alabó el jeque Idí Hamid–. Ahora estamos expectantes por ver cómo superas la tercera prueba.

Tres días después, la tribu de los hijos del viento se puso en camino, con el fin de llegar a tiempo al valle de las montañas del Atlas, donde debía tener lugar la gran fiesta. El viaje duraba cinco días. Los hombres montaban caballos; las mujeres, camellos o burros. Los caballos llevaban las bridas más lujosas. Las fastuosas sillas iban sobre gualdrapas bordadas en oro. Hombres y mujeres habían sacado del arca sus mejores vestidos, y las mujeres se habían puesto todas las joyas que eran capaces de cargar. Solo Tarik se distinguía de todos por su ropa de mendigo y porque su caballo llevaba arreos de mula.

Amina iba en una burra. Le habría gustado mucho más cabalgar sobre Jarifa, pero no se había atrevido a pedírselo a su padre, pues tenía que darse por contenta con que se le hubiera permitido viajar.

Tarik, que montaba a Ibn Gazal y llevaba de las riendas a El Shams, esperaba una ocasión para hablar con Amina. Pero no era fácil la cosa. Amina dormía con las otras mujeres en una tienda, y durante el día Fátima no le quitaba el ojo de encima. La paciencia de Tarik se veía sometida a una dura prueba. Pero al fin llegó un día en que la caravana acampó cerca de un pozo rodeado por un bosquecillo, y cuando Amina fue a buscar agua con las demás mujeres, el príncipe se escondió detrás de los arbustos y baló quedamente. Amina se sobresaltó y miró a su alrededor.

—No te preocupes —la tranquilizó una de las mujeres—. No ha sido más que una cabritilla que ha perdido a su madre.

Pero Amina sabía que no se trataba de eso. Llenó su cántaro en el pozo, lo mismo que las demás mujeres, y luego se quedó atrás, con el pretexto de que tenía que sacarse una espina del pie. Y mientras estaba sentada en el suelo, Tarik le habló desde detrás de los matorrales.

—Amina, hay algo en lo que solo tú puedes ayudarme —murmuró.

—Haré lo que tú quieras, Tarik —respondió ella en voz baja.

—No sería bueno que tu padre descubriera antes de la carrera quién pide la mano de su hija, puesto que tiene a los hijos de la tempestad por enemigos suyos. Por eso es preciso que montes a Ibn Gazal en la gran carrera llevando mis ropas y un velo delante de la cara, como es costumbre entre los hombres de mi tribu. Es preciso que todo tenga el mismo aspecto de siempre. Tu padre debe creer que el príncipe Tarik participa en la carrera con Ibn Gazal, como hizo el año pasado y el antepasado.

—¿Seré capaz de hacerlo? —preguntó Amina con cierta vacilación.

—Excepto yo, nadie conoce a Ibn Gazal tan bien como tú. Al fin y al cabo, fue con él con quien aprendiste a montar.

—Está bien. Lo intentaré –asintió la chica–. Pero no sé cómo podré alejarme de las demás mujeres sin que nadie lo note.

—Eso será fácil –le explicó Tarik–. Inmediatamente antes de la carrera, hay siempre una gran confusión. Tú fingirás que te extravías entre las tiendas y yo te indicaré con un gesto dónde puedes cambiarte. En cuanto lleves la ropa negra y el velo delante de la cara, todo el mundo te tendrá por un joven de una tribu del desierto. A partir de ese momento, ya no puede ocurrirte nada, y montarás con toda tranquilidad a Ibn Gazal ante los ojos de todos. No tienes por qué tener miedo: yo cabalgaré a tu lado con El Shams.

—¡Ay, Tarik! –suspiró Amina–. ¡Ojalá hubiera pasado ya todo!

Pero luego sintió que se llenaba de orgullo por el hecho de poder montar a Ibn Gazal, y comenzó a gozar de antemano con la carrera.

21

Cuando la caravana se presentó en el valle donde tenía lugar la fiesta, había ya una gran confusión: las llamadas de los camellos, los chillidos de los niños, los relinchos de los caballos y los saludos que los hombres se gritaban desde lejos. Desde muy pronto, los pensamientos se pusieron a dar vueltas en la cabeza de Amina igual que un rebaño de ovejas dentro de su corral cuando se ve amenazado por perros asilvestrados.

El jeque Idí Hamid y sus hombres buscaron un lugar tranquilo y bien situado y allí montaron sus tiendas. Mientras las mujeres iban por agua y recogían leña, los hombres sacrificaron un carnero. El delicioso aroma del asado se mezcló enseguida con los olores que salían de otros fuegos y se condensó en densos vapores grises encima de las tiendas. Al atardecer, el tamborileo de las panderetas convocó a las chicas y a los hombres para el baile. La música puso también en movimiento los pies de Amina, que desoyó los gritos de su madre y salió corriendo. Fátima no tuvo más remedio que correr detrás de ella. Pero enseguida perdió de vista a su hija.

Amina se colocó entre las mujeres que se movían en círculo alrededor de una hoguera al ritmo de los tambores. Cantó con ellas la canción del desierto, que todos conocían. Los tambores redoblaban a ritmo más y más vertiginoso, y a ritmo más y más vertiginoso giraban las mujeres.

Luego, la danza se interrumpió bruscamente y las mujeres se retiraron en silencio a la sombra de al lado de la hoguera.

–¿Va todo bien? –susurró Tarik al oído de Amina.

–Sí, sí –respondió jadeando ella, y miró angustiada a su alrededor para ver si había alguien que pudiera oírlos–. Creo que entre tantas personas no me va a resultar difícil escabullirme. Mi madre quiere ir conmigo al mercado mañana por la mañana, y mientras ella hable con un vendedor, yo desapareceré detrás de una tienda. Tú solamente tienes que darme la señal.

–Pronto balaré mejor que una cabra –le musitó Tarik sonriendo–. Entonces, ya está todo acordado.

–Todo acordado –corroboró Amina–. ¡Que Alá nos asista!

–Lo hará, de eso estoy seguro –y apenas había pronunciado estas palabras cuando su oscura figura ya había desaparecido entre la multitud de danzantes.

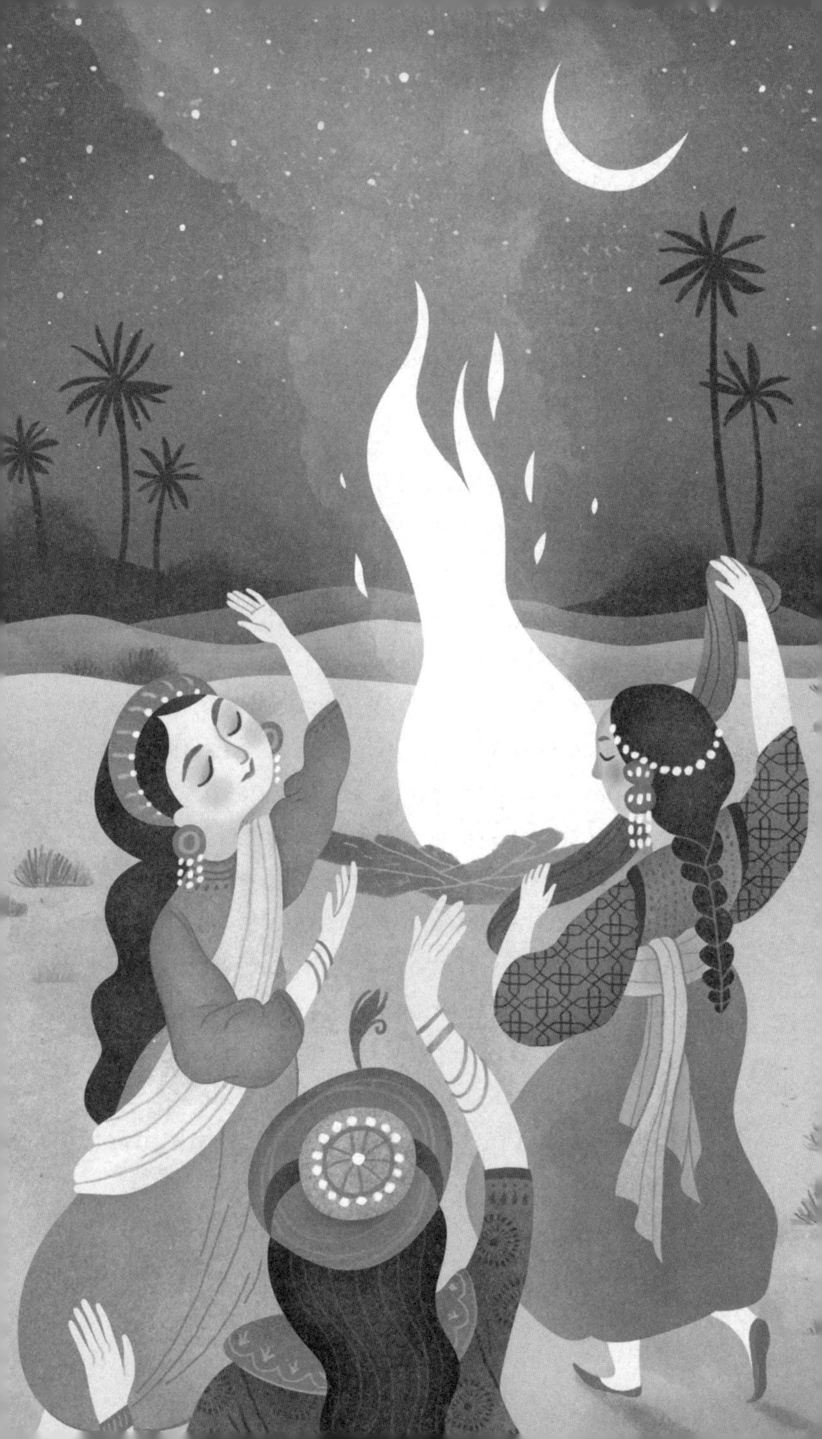

Amina se quedó sola. Se preguntó si Alá seguiría enojado con ella por haber violado una de sus leyes tejiendo la greca de los caballos. Pero luego desechó ese pensamiento y regresó a su tienda.

Aquella noche, tardó mucho en dormirse. La multitud de ruidos desconocidos, los gritos de los animales, el canto de las mujeres y los murmullos de los hombres, que se visitaban unos a otros para intercambiarse las novedades del año, no le dejaron pegar ojo durante mucho tiempo. Pensó en la carrera, en la cual iba a poder montar a Ibn Gazal, y en lo importante que para su futuro y para el de Tarik sería la victoria de El Shams.

Cuando el almuecín convocó a los creyentes para la oración de la mañana, Amina se levantó inmediatamente para ir al pozo en busca de agua fresca y para encender el fuego. Por la mañana acompañó a su madre al mercado. Pasearon tranquilamente entre las mercancías de los vendedores, expuestas en el suelo; miraron joyas, telas, hierbas y otros productos que se usaban para curar a los enfermos. De cuando en cuando, Fátima se detenía y palpaba una tela o se ponía un collar para ver cómo le quedaba. Por fin compró unos pendientes y una pieza de tela, tras regatear durante un buen rato.

Era la primera vez que Amina se adentraba en el pintoresco y tentador mundo de los comerciantes, y ese mundo la embriagó y disipó de su cabeza cualquier pensamiento lúcido.

—¡Ven aquí, guapa! —exclamó de repente una voz—. ¿No quieres conocer tu futuro? —era la voz de una quiromántica vieja que estaba sentada en el suelo—. ¡Ven aquí, palomita, y enséñame tu mano!

Y antes de que Fátima pudiera impedírselo, Amina le tendió la mano a la anciana. La mujer bajó la cabeza y se enfrascó en la observación de las líneas. Era como si estuviera descifrando un escrito que, excepto ella, nadie podía leer.

De pronto, Amina se asustó, pues cayó en la cuenta de que las líneas de sus manos podían revelar el plan de Tarik. ¿Qué diría su madre si se enteraba de que su hija quería participar en la gran carrera, disfrazada de hombre? Amina retiró rápidamente la mano. Pero la vieja ya había visto bastante, y dijo sonriendo:

—Hace ya algún tiempo, debiste de quebrantar un mandamiento del Profeta, y Alá te castigó retirándote la baraka, la fortuna. Pero ahora te ha perdonado. Todo lo que te propones terminará felizmente. No debes tener ningún miedo al futuro. ¡Vete, ha llegado la hora!

Ahora se dio cuenta Amina de que la vieja había descubierto sus proyectos.

—¿A qué se refería al decir que ha llegado la hora? —quiso saber su madre.

–No lo sé –contestó Amina con cierto embarazo, y se puso a ajustarse el velo, pese a que lo llevaba bien puesto–. Quizá ha querido decir que ya es hora de que nos aseguremos un buen puesto para ver la gran carrera.

–¡Por Alá y todos los espíritus buenos que tiene razón! –exclamó Fátima, sobresaltada, y se dirigió presurosa a unirse con las otras mujeres, sin volver la vista atrás.

Esa era la ocasión que Amina había estado esperando. Se quedó rezagada y luego se escabulló entre las tiendas. Cuando estuvo segura de que su madre ya no podía verla, se detuvo y miró a su alrededor. Enseguida oyó el conocido balido de una cabra. Tarik se presentó delante de ella y le indicó por señas que lo siguiera. La condujo entre dos tiendas que se hallaban muy juntas y la ayudó a ponerse encima de su vestido el traje de los hijos de la tempestad. Le colocó cuidadosamente el velo alrededor de la cabeza, se lo pasó por encima de la nariz y ató las puntas. Ahora nadie podía advertir ya que bajo aquel disfraz se escondía una chica. Cuando Tarik la condujo al lugar donde se ensillaban los caballos, el corazón de Amina temblaba de miedo como un pájaro recién apresado.

22

Detrás de la línea de salida reinaba una confusión absoluta. Algunos caballos se encabritaban y otros hacían escarceos tirando de las riendas de los jinetes. Ciertos jinetes daban consejos a otros, aunque con el deseo ferviente de que resultaran estériles, pues de ese modo podrían ser ellos mismos y sus caballos los que llegaran a la meta como ganadores.

Cubría todo una densa nube de polvo, provocada por los cascos de los caballos y que penetraba en los ojos y las narices de quienes no llevaban velo. Tarik le indicó a Amina dónde había atado a Ibn Gazal.

–Está ensillado –le dijo–. ¡Monta tranquila!

En esta ocasión le había quitado al caballo la manta sucia, de modo que ahora estaba a la vista la gualdrapa con largos flecos de oro que solo los caballos de los jeques y de sus hijos podían llevar. También había cambiado los arreos de mula por unos adornados con clavos de plata. Ibn Gazal permaneció quieto cuando lo montó Amina.

–No tengas miedo. Puedes confiar en él. Nos veremos luego en la línea de salida –se despidió Tarik.

Cuando estuvo seguro de que Amina se entendía bien con el caballo, se puso a buscar a Alí, que lo estaba esperando con el caballo blanco como la luna. El hermano de Amina se las estaba viendo y deseando para sujetar a El Shams.

–¿Dónde has estado, Ajmed? –se quejó cuando vio llegar a Tarik con el rostro cubierto por un velo hasta los ojos.

–¡No te pongas nervioso! –lo tranquilizó el hijo de la tempestad, y le cogió las riendas de El Shams–. Me he tropezado con el príncipe Tarik y hemos discutido quién de nosotros va a ser el más rápido.

–Yo deseo con toda mi alma que derrotes a ese bandido –dijo Alí.

–Eso ya se verá. Ibn Gazal es un rival que hay que tomar muy en serio.

Dos hombres dieron la orden de que los caballos se dirigieran a la salida. Tarik se sentó en la silla del caballo blanco como la luna.

–¡Que Alá esté contigo! –gritó Alí a su espalda cuando Tarik se encaminaba con El Shams a la línea de salida.

Tarik vio desde lejos a Amina, que se hallaba con su caballo al final de la fila; llevó a El Shams junto a Ibn Gazal y animó a la muchacha con un gesto. Los ojos de Amina le miraron tranquilos y resueltos. Pero no se atrevió a hablar con él en presencia de los otros por miedo a que alguien pudiera descubrir que era una chica.

Como ya había tomado muchas veces la salida para aquella carrera, Ibn Gazal parecía muy tranquilo. El Sahms, en cambio, pateaba el suelo, impaciente, y esperaba la señal de partir. Cuando esta se produjo, muchos caballos se encabritaron porque sus jinetes les habían picado las espuelas con excesiva fuerza.

El caballo negro partió con un salto gigantesco. El príncipe Tarik le dejó que se adelantara un poco y, luego, corrió en pos de él. Así podía tener a la vista a Amina y, al mismo tiempo, reservar un poco las fuerzas del caballo blanco. El griterío de los espectadores aumentaba cuando los jinetes, todavía en línea casi cerrada, pasaban veloces a su lado. Pero Amina solo oía el zumbido del viento en sus oídos, el jadeo de los caballos y el tamborileo de los cascos contra el duro suelo. Le había dado rienda suelta a Ibn Gazal y lo dejaba correr. El caballo apenas sentía su peso sobre la silla. Era mucho más ligera que Tarik, quien siempre lo había montado hasta entonces en la carrera. Amina tenía la sensación de que Ibn Gazal volaba sin tocar el suelo. Los otros caballos se iban quedando atrás. Solo El Shams aguantaba el ritmo y seguía estando a su lado cuando enfilaron la recta de meta. Por encima de los alaridos de la multitud, algunas voces aisladas gritaban: «¡Ibn Gazal! ¡Ibn Gazal! ¡Va a ganar otra vez!».

Esas voces hicieron que Amina reflexionara. Ibn Gazal no debía ganar. Había que cederle el primer puesto a El Shams para que el príncipe Tarik cumpliera la tercera condición que su padre exigía como pago por la mano de su hija.

Tiró un poco de las riendas con mucha precaución. Ibn Gazal sacudió la cabeza, contrariado, pero obedeció a la presión. El Shams ganó terreno.

–¡Eso está bien, Amina! ¡Eso está bien! –exclamó Tarik cuando la adelantó con el caballo blanco como la luna.

Ganó El Shams por una cabeza.

«¡Bravo, El Shams! ¡Bravo, bravo!».

Las ijadas del caballo, cubiertas de sudor, temblaban. También Tarik había pasado calor, y se quitó el velo antes de desmontar.

El jeque Idí Hamid se abrió paso entre la multitud.

–¡Ha sido una buena carrera! ¡Por Alá! –exclamó. Luego se le cortó la respiración, y siguió–: ¿No eres Tarik, el hijo de mi enemigo Abdul?

–Efectivamente, lo soy –respondió Tarik sonriendo–. Y he cumplido las tres condiciones que me pusiste para conseguir la mano de tu hija Amina.

–Pero, pero –tartamudeó Alí, que había acompañado a su padre–... entonces, ¿quién montaba a Ibn Gazal?

Tarik llamó por señas a Amina, que, agotada pero feliz, se había quedado cerca con su caballo.

–Encontré un buen jinete –dijo radiante–. No habría podido escoger uno mejor –y mientras pronunciaba estas palabras, quitó el velo que cubría el rostro de Amina, y el padre descubrió horrorizado que había sido su hija quien había montado el caballo negro.

–¡Por Alá! –murmuró con gran consternación–. ¡Una hija del viento participa en una carrera en la que solo se admiten hombres! ¡Y, para mayor desgracia, es a un hijo de la tempestad a quien tengo que dar a mi hija como esposa! Yo no puedo soportar esto.

En ese momento, llegó presurosa Fátima y estrechó entre sus brazos a Amina.

–¡Alá ha protegido a nuestra palomita y le ha devuelto la baraka! ¡Él cuidará también de que tú lo puedas soportar! –le gritó, sumamente feliz, a su marido.

El jeque de los hijos del viento no tuvo más remedio que poner al mal tiempo buena cara y dar su aprobación a la boda.

23

Como solía ocurrir en el último día de la gran fiesta, muchas parejas deseosas de contraer matrimonio acudieron a un hombre santo y se hicieron casar por él. Entre esas parejas se encontraban el príncipe Tarik, hijo de la tempestad, y la princesa Amina, hija del viento.

Al atardecer, numerosos carneros fueron degollados y asados en hogueras. Se bailó, se cantó y se rio.

–¡Por Alá! –dijo una voz, y un hombre viejo entró en el círculo iluminado por el resplandor de las llamas–. ¿Qué es lo que se celebra aquí?

Se trataba del cantor Mustafá, que había llegado con el tiempo justo para asistir a la fiesta. Cuando oyó que el príncipe Tarik había ganado la carrera con el caballo blanco como la luna y estaba celebrando su boda con la princesa Amina, pidió silencio a todos, se colocó junto a las llamas y cantó la canción de Amina. Cantó su blanca piel, sus ojos negros, su pelo oscuro, sobre el que brillaba siempre el resplandor rojo del sol del ocaso, y su belleza, que eclipsaba la de una rosa del jardín del rey. Ensalzó al príncipe Tarik y a su caballo y cantó cómo había superado las tres difíciles pruebas antes de que el jeque Idí Hamid le diera la mano de su hija.

Cuando terminó, Mustafá fue aplaudido por todos. El jeque le echó a los pies una bolsa llena de monedas de oro que le permitieron disfrutar tranquilamente de su vejez y no cantar ni contar historias más que cuando le apetecía. Luego se fueron todos a dormir, porque el día había sido largo y agitado.

A la mañana siguiente, el jeque Idí Hamid y sus gentes emprendieron el camino de vuelta a su castillo de barro. Los acompañaban Tarik y Amina, pues Fátima había insistido en conceder a su hija la dote que su rango social exigía antes de que siguiera a Tarik hasta su tienda. El joven esposo aceptó con gran dolor de su corazón, pues ansiaba volver junto a su tribu, de la que llevaba separado mucho tiempo.

En el camino de vuelta, Amina pudo montar a Ibn Gazal. Tarik hizo el viaje en El Shams, siempre muy cerca de ella.

En una ocasión en que Amina se dio cuenta de que su padre tenía los ojos fijos en ella, le gritó alegremente:

–Se han acabado los tiempos en que a las mujeres y las chicas de nuestra tribu solo se les permitía cabalgar sobre camellos o burros. Una verdadera hija del viento quiere sentir el viento en su pelo, y eso solo es posible en un caballo.

Para el jeque Idí Hamid, eso significaba que se había desmoronado un pequeño fragmento de su poder, un pequeño fragmento de un privilegio de los hombres que, si bien es verdad que nunca les había sido otorgado, sin embargo ellos creían poseer.

En los días siguientes a su llegada al castillo, las mujeres confeccionaron para Amina muchos vestidos nuevos, camisas de brocado de seda, velos con bordados de flores, zapatillas doradas y collares de ámbar, coral, plata y coloridas cuentas de cristal. Entretanto, Tarik acompañaba al jeque y a sus hombres a la caza. El jeque montaba a El Shams y Tarik a Ibn Gazal, y cuando los dos caballos, el blanco como la luna y el negro como la noche, competían en una galopada, vencía unas veces uno y otras otro.

–Le daré a Jarifa, la yegua torda, en dote a mi hija –le dijo el jeque a su yerno la víspera de la partida de la joven pareja– si tú me das a cambio un potro de ella y de Ibn Gazal.

–El primer potro de Jarifa tiene que ser de El Shams: se lo prometí al jeque Ibrahim. El segundo será para ti. ¡Te doy mi palabra de honor!

Por entonces hacía ya tiempo que la yegua torda se había apareado con el caballo blanco como la luna, y cuando el príncipe Tarik montó en la silla a su joven esposa para llevarla a su tienda, Jarifa ya llevaba en la tripa el potro que estaba destinado para el jeque Ibrahim.

El jeque Idí Hamid, escoltado por un grupo de sus hombres, acompañó a la pareja porque quería firmar la paz con su enemigo Abdul.

Antes de partir, el príncipe Tarik le colgó del cuello a su joven esposa una pequeña bolsa de cuero que hasta entonces había llevado él.

–¿Qué es esto? –preguntó Amina.

–Un amuleto –le explicó Tarik–. Es la greca con tres caballos por la que tú perdiste tu fortuna. No obstante, si no hubieras tejido esta greca, quizá nunca habríamos vuelto a vernos.

–Pero fue la canción de Mustafá la que hizo que te acordaras de mí y la que nos unió otra vez –le contestó Amina sonriendo.

–La canción de Amina –la corrigió el príncipe Tarik–. La cantan en todos los mercados del país.

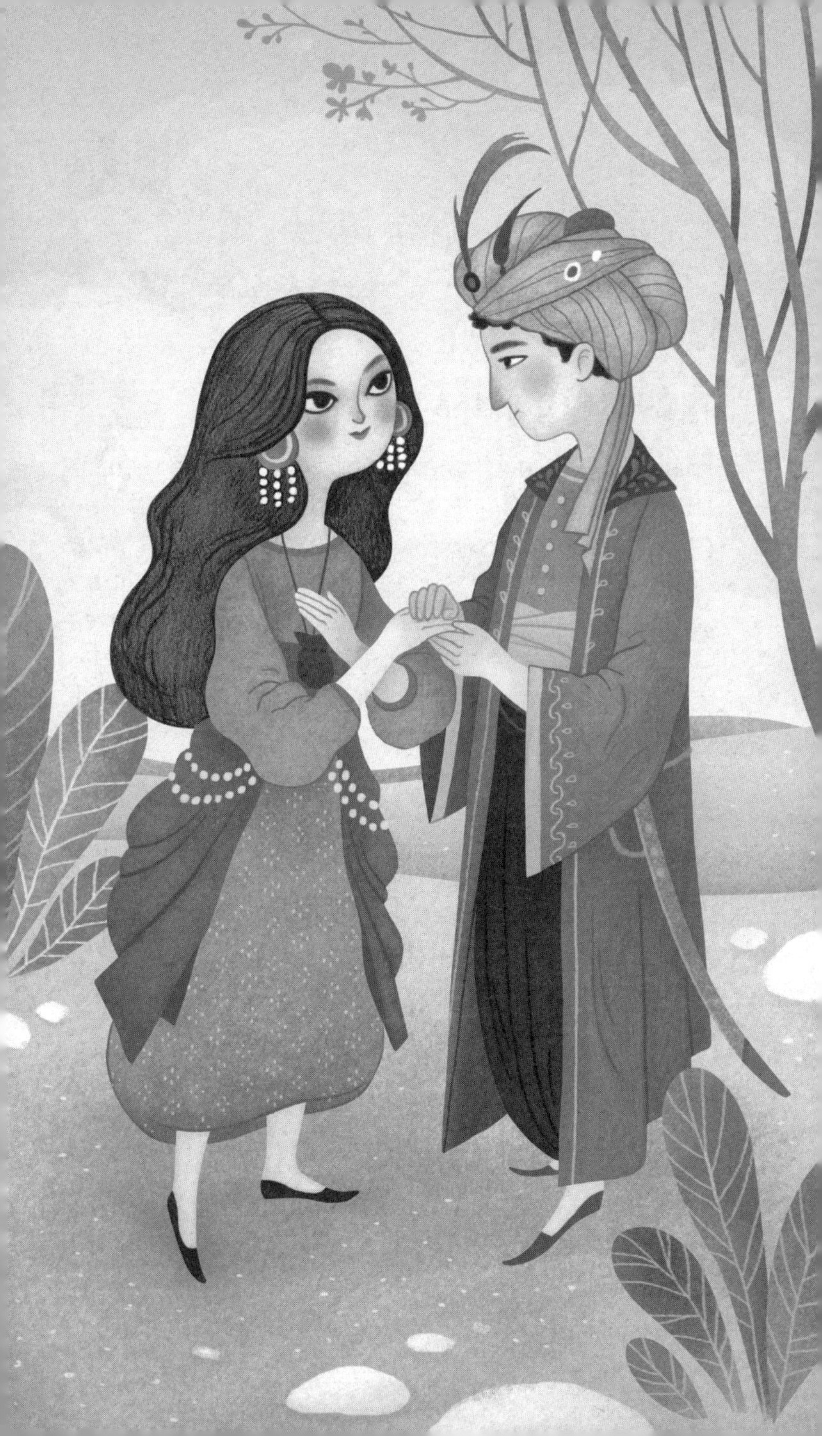

TE CUENTO QUE ANA VARELA...

... dibuja desde que tiene memoria. Cuando era pequeña, su madre la entretenía, a ella y a sus hermanos, con muchas tizas y pizarras, y les enseñaba, en las largas tardes de lluvia, a pintar sirenas de grandes ojos y perlas entrelazadas en el pelo. Desde entonces no ha dejado de inventar personajes y de plasmar emociones en sus miradas, y al final, con empeño y un poco de suerte, ha conseguido dedicarse a lo que más le gusta.

Ana Varela nació en A Coruña (1987), ciudad en la que vive y trabaja como ilustradora. Es licenciada en Bellas Artes y ha recibido varios premios de pintura e ilustración.

TE CUENTO QUE SIGRID HEUCK...

... desde pequeña quiso ser escritora, y con tan solo siete años escribió su primera historia. A punto de terminar el instituto, prefirió trabajar en una granja durante un tiempo a hacer la selectividad. Más adelante, buscó una ocupación diferente y se decidió por algo que tuviera que ver con el arte. Después de terminar unos estudios de diseño de ropa, se dio cuenta de que no quería dedicarse a la moda toda su vida, por lo que ingresó en la Academia de Arte de Múnich. Tras este periodo se dedicó profesionalmente al grafismo. Llegó a la escritura gracias a la ilustración, pues le parecía divertida la forma en que las imágenes se ajustaban a los textos.

Sigrid Heuck nació el 11 de mayo de 1931 en Colonia (Alemania). Escribió e ilustró libros para público infantil y juvenil, y muchos de ellos fueron traducidos a varios idiomas. Con sus obras ha ganado numerosos premios, y su aportación a la literatura es reconocida en todo el mundo.

Si te ha gustado este libro, visita

LITERATURA**SM**•COM

Allí encontrarás:
- Un montón de libros.
- Juegos, descargables y vídeos.
- Concursos, sorteos y propuestas de eventos.

¡Y mucho más!

Para padres y profesores

- Noticias de actualidad, redes sociales y suscripción al boletín.
- Propuestas de animación a la lectura.
- Fichas de recursos didácticos y actividades.